LA PEUR DU PIRE
*est le quatre cent cinquante-septième livre
publié par Les éditions JCL inc.*

Catalogage avant publication de Bibliothèque et
Archives nationales du Québec et Bibliothèque et
Archives Canada

Guérin, François, 1952-

La peur du pire

(Collection Fine plume)

ISBN 978-2-89431-457-9

I. Titre.

PS8563.U33P48 2012   C843'.54   C2012-940065-3
PS9563.U33P48 2012

© **Les éditions JCL inc., 2012**
Édition originale : mars 2012

La Peur du pire

COLLECTION
FINE
PLUME

Illustration :

CHANTALE VINCELETTE

Les éditions JCL inc.
930, rue Jacques-Cartier Est, Chicoutimi (Québec) G7H 7K9
Tél. : (418) 696-0536 – Téléc. : (418) 696-3132 – www.jcl.qc.ca
ISBN 978-2-89431-457-9

François Guérin

La Peur
du pire

Roman

LES ÉDITIONS JCL

DU MÊME AUTEUR :

Jusqu'au pied de la pente, Roman, Éditions JCL, 2008,
408 p.

Prodige noir, Roman, Éditions JCL, 2006, 406 p.

Sur la piste de Callas, Roman, Éditions JCL, 2004, 292 p.

Messire Benvenuto, Roman, Éditions JCL, 2001,
358 p.

Le Germe, Roman, Éditions JCL, 1999, 338 p.

Mémoires d'outre-bombe, Roman, Éditions JCL, 1998,
316 p.

*Nous reconnaissons l'aide financière du gouvernement
du Canada par l'entremise du Fonds du livre du Canada
pour nos activités d'édition. Nous bénéficions également du
soutien de la SODEC et, enfin, nous tenons à remercier le
Conseil des Arts du Canada pour l'aide accordée à notre
programme de publication.*

*Gouvernement du Québec – Programme de crédit d'impôt
pour l'édition de livres – Gestion SODEC*

CHAPITRE I

C'est là, très exactement, à l'angle de la rue de Gaspé et Gounod, que monsieur Gaspard avait installé son invraisemblable cantine mobile. Aujourd'hui, il faudrait être bien imaginatif pour reconnaître ce qui fut jadis le théâtre d'une animation bourdonnante, un lieu de rencontres improbables et d'aveux spontanés, un modèle réduit du bourbier social où s'enlisent les meilleures volontés, un prétexte futile à des affrontements insensés qui allaient bientôt reléguer aux souvenirs imprécis ces quelques mois durant lesquels le marchand de toupyne a régné en maître sur son petit univers. Les rares curieux ou indécrottables nostalgiques, qui reviennent sur les lieux avec le vain espoir d'une réapparition du brave homme, auraient bien du mal à retrouver le parfum de ce qui avait à ce moment dressé l'échelle du quartier avec une main si heureuse. Même les marques des roues de caoutchouc sur le trottoir – repères visuels sur lesquels monsieur Gaspard alignait fidèlement son appareillage chaque matin – ont fini par complètement disparaître, lessivées par les averses, étamées par les soleils d'été et surtout récurées par les semelles des passants, désormais toujours trop pressés sans monsieur Gaspard pour les retenir.

La scène elle-même n'a plus qu'une lointaine parenté avec celle que je photographiais de la vue plongeante de ma fenêtre. Même la poubelle, qui a eu son mot à dire dans cette histoire, a été éliminée. Étalés par les bourrasques, les déchets s'accumulent à présent en bordure du trottoir. La belle porte moulurée en bois de l'immeuble qui servait de décor à la cantine a été remplacée par une banalité blindée de teinte grise. La façade est écaillée et réclame d'urgence une sérieuse retouche de peinture. De sa lumière blafarde, le lampadaire éclaire toujours ce bout de rue, ce trottoir vide, cette chaussée défoncée, jonchée de papiers et de feuilles mortes, ce vide d'activité, ce silence déplorable. Je revois monsieur Gaspard, sous ce lampadaire, aux commandes de sa cantine, toujours imperturbable, même durant les intempéries, servant avec son air amusé ses fidèles clients qui attendaient longtemps en file sans démontrer le moindre signe d'impatience. Les allures maintenant fantomatiques de la place me broient le cœur.

Je pense pouvoir affirmer, sans risque de me tromper, avoir été le tout premier client de monsieur Gaspard. C'était un samedi matin, par une de ces journées ensoleillées d'un début d'été où même les plus casaniers s'empressent de sortir pour se gorger d'un air chargé d'optimisme. Sur le coup, je n'ai pas prêté attention. J'ai marché quelques pas, encore absorbé par ma liste d'emplettes que je venais de réviser, quand, chicoté par un doute, j'ai ralenti et tourné la tête pour m'assurer d'avoir bien vu. De l'autre côté de la rue se dressait un éventaire tellement ahurissant qu'il semblait issu tout droit de l'imagination d'un concepteur télé en proie au délire.

Une sorte d'immense chariot aux couleurs bigarrées, surmonté d'un auvent en toile imperméable et doté de larges roues de caoutchouc, trônait sur le trottoir. Curieuse apparition dans cette ville où même la présence des bacs de récupération sur les voies publiques fait l'objet d'une réglementation névrotique. En m'approchant, j'ai noté que cet engin était soigneusement construit, à partir de matériaux recyclés, comme le veut la mode : planches de contreplaqué, caisses de plastique, bidons métalliques dont on pouvait encore lire l'étiquetage imprimé, aspérités et surfaces de nature moins évidente. L'auvent assemblait, comme une courtepointe, des toiles récupérées de parapluies tombés au champ d'honneur durant un orage, le tout solidement arrimé à un échafaudage d'anciens bâtons de ski en bambou. On ne pouvait évidemment s'attendre à aucune harmonie d'un tel patchwork, encore que le hasard des juxtapositions révélât des combinaisons audacieuses dignes d'une revue de décoration intérieure. Et, au total, ces couleurs pleines de vitalité contrastaient joyeusement avec le décor glauque autour de la cantine.

Mais le plus étonnant restait encore à venir. Derrière ce char allégorique se tenait un type dont l'âge pouvait très bien s'échelonner entre quarante et soixante-dix ans, tant son visage semblait, à l'image de sa cantine mobile, une tentative de récupération à bon compte. Des rides prononcées mais peu de cheveux gris, des cernes sous les yeux mais le menton ferme, un cou boutonneux et plissé mais une ligne des lèvres qui ne témoignait d'aucun désabusement de l'âge. Il était coiffé d'un chapeau insolite, hybride de la toque et du béret. Un tablier écru, avec *Viva España* imprimé en lettres rouges, une chemise propre à motifs fleuris, comme on n'en voyait plus depuis l'époque des Beach Boys, et de confortables espadrilles, dégriffées et à peine usées, complétaient le tableau. Un véritable bonheur à venir pour les photographes amateurs qui se prennent pour la réincarnation de Doisneau.

Je m'étais approché, comme attiré par un chant de sirène. Pendant que je procédais à l'examen de cette vision saugrenue, l'individu a retiré quelques couvercles, révélant des ouvertures d'où s'échappait de la vapeur. À l'aide d'une large cuiller en étain, il a puisé dans les contenants différents ingrédients et les a soigneusement disposés dans une vraie assiette qu'il m'a remise comme une offrande, avec une vraie fourchette!

— Attention, c'est chaud!

On ne pouvait que sourire en entendant cette voix incomparable, aussi apaisante et chuintante qu'un jacuzzi. Une voix aussi invitante à entamer une conversation qu'à tendre l'oreille pour se laisser bercer d'histoires. Je me pinçais pour ne pas me croire dans un rêve ou dans un traquenard pour émission d'humour à l'inspiration débridée. Me retenant pour ne pas éclater de rire, j'ai quand même jeté un œil à l'assiette. D'abord l'arôme, plutôt alléchant, sans doute un peu de muscade, de cumin et de basilic frais. Les couleurs ensuite, de l'orange au vert, en passant par un peu de rouge et quelques nuances de crème. Des reliefs indéterminés, des formes arrondies et cubiques, rien pour révéler la teneur de ce plat aux allures, ma foi, appétissantes qu'on m'invitait à déguster.

Ça tombait bien, mon estomac m'envoyait des

signaux de détresse. Avant de jouer les goûteurs, toutefois, je voulais un indice sur ce qui m'attendait. Sait-on jamais?…

— À quoi ai-je droit?

Mais mon bienfaiteur ne voulait pas gâcher la surprise.

— Goûtez, goûtez, vous verrez bien!

Je me suis donc exécuté, trop tenté par l'expérience pour m'arrêter à des considérations de prudence qui n'avaient sûrement pas lieu d'être. Je n'allais quand même pas m'écrouler par terre, en proie à des spasmes d'empoisonnement! De fait, et à ma grande surprise, la première bouchée m'a laissé une impression fort heureuse, moi qui suis d'un naturel plutôt critique et qui aime bien prendre en défaut les charlatans, prétendus maîtres cuisiniers parce qu'ils vous servent dans une cuiller en porcelaine une purée de brocoli à l'huile de truffe. Je ne parvenais toujours pas à déterminer ce que je mastiquais, mais je n'avais aucune raison de me plaindre. En moins de temps qu'il n'en faut pour dire «délicieux!», je raclais le fond de l'assiette pour ne pas en perdre une miette.

J'ai remis son bien à l'homme de la cantine en le remerciant comme il se doit. Sans mot dire, bien qu'avec l'air entendu de celui qui n'a jamais douté du résultat, il a ouvert une porte sur le côté de son fourgon, tiré sur un support à vaisselle monté sur rail, inséré l'assiette sale dans une raie et la fourchette dans un compartiment. Puis, il a glissé le support à sa place avant de refermer la porte. Avisant mon air ébahi, il m'a fourni l'explication suivante :

— Ma petite usine ambulante est équipée d'un système automatique pour nettoyer la vaisselle. Ainsi, j'ai toujours des assiettes propres sous la main!

— Et vous utilisez de la véritable vaisselle?

— Et pourquoi non? Vous ne voudriez tout de même pas que je serve ma délectation dans des barquettes en mousse avec des fourchettes en plastique non biodégradables? À l'heure du développement durable décliné sur tous les tons, ce serait le comble, non?

Je ne pouvais pas vraiment contredire cette parole d'évangile, quoique bien peu de commerçants aient mis en pratique ces considérations méritoires.

— Vous ne craignez pas que vos clients s'enfuient avec la vaisselle?

— J'aviserai en temps et lieu si ça se produit. Mes assiettes n'ont aucune valeur en soi. Je les ai grappillées à bon prix dans des marchés aux puces. Et puis j'ai confiance que d'autres m'en apporteront pour compenser les aléas du service!

Il ne doutait de rien, ma parole. J'imaginais déjà la scène d'un troc nouveau genre : assiette contre nourriture. En même temps, je devais avouer que le fait de bouffer avec de véritables ustensiles avait contribué à mon plaisir, comme si la vérité du geste reposait sur cette habitude culturelle sans laquelle l'acte de se nourrir perd son sens. Après tout, qui aurait l'idée de prendre ses repas dans des assiettes de carton à la maison? L'aspect toujours un peu déplorable de la bouffe-minute, c'est ce service expédié dans des gamelles jetables. Ce sont, paraît-il, les impératifs de l'économie marchande. Et, comme tout a un prix, je me disais justement que le privilège de véritables ustensiles devait se monnayer en espèces très sonnantes et surtout trébuchantes!

— Combien vous dois-je?

— Trois dollars!

Je n'en croyais pas mes oreilles. J'étais confronté à un choc de valeurs. D'abord, cette cantine ambulante surgie de nulle part, installée probablement sans permis sur un trottoir municipal, au moment où l'imposition d'une taxe d'utilisation aux piétons fait l'objet d'âpres discussions à la mairie; ensuite, une nourriture savoureuse sans l'affichage obligatoire de la liste des ingrédients dûment approuvés et sanctionnés par un certificat d'inspection, servie dans de véritables assiettes en dépit du bon sens et des risques de poursuite si quelqu'un s'estropie avec une fourchette, et tout ça pour seulement trois dollars! Ce commerçant faisait certainement partie d'une clique de dangereux subversifs. J'avais affaire à un utopiste inconscient, à un futur candidat à la faillite.

— Au fait, vous ne m'avez pas dit ce que vous servez.

— De la toupine[1]!

— Vous voulez dire de la poutine?

Le pourvoyeur de calories m'a regardé pendant quelques secondes. Il m'examinait de ses yeux bleus inquisiteurs, comme pour s'assurer de la pleine disposition de mes facultés mentales.

— De la poutine? Vous parlez bien de cette infamie gluante et pâteuse, d'une couleur de fond de cuvette après un soir de beuverie, infligé au détriment de toute logique culinaire et gustative à de pauvres victimes aveuglées par les élancements de la faim?

— Euh…

— Vous savez que je pourrais presque le prendre mal? Alors que je concocte ma composition secrète avec des ingrédients de première qualité, certifiés bio et garantis sans goût de plâtre, sans OGM au cas où ça causerait des mutations, sans additifs puisque c'est frais du matin et qu'on y trouve déjà toutes les vitamines voulues, sans trop de sel pour ne pas bloquer les artères, sans sucre pour ne pas

---

1. Au début, j'ai écrit « toupyne » alors que monsieur Gaspard parle ici de « toupine ». L'explication est à venir!

épaissir le sang et conserver la ligne, sans sulfite pour éviter les maux de tête, sans colorants pour préserver du cancer, des ingrédients soigneusement choisis, pleins de vitamines et d'oméga 3, appariés, apprêtés et cuisinés pour un mariage sans égal de saveur et de qualité nutritive, vous osez comparer cette œuvre maîtresse avec de la… pou-ti-ne? Dont le mot même évoque ce qui attend les malheureux aux prises avec des crampes stomacales après avoir été piégés par cette bouffe traîtresse?

— Je ne disais pas ça pour être impoli.

— Je ne vous en veux pas! Je l'ai un peu cherché en baptisant mon plat *toupine*!

Il a pouffé, avec clin d'œil à l'appui, comme s'il était fier d'un canular réussi. Je m'apprêtais à partir sur ces bonnes paroles lorsque j'ai aperçu un jeune garçon d'à peu près sept ans, à en juger par l'orifice dans la dentition causé par la chute des dents d'enfance qui cèdent la place aux chicots d'adulte. Il nous observait avec intérêt en reniflant bruyamment. Il faut dire qu'une odeur invitante régnait autour de la cantine. Le gamin, affublé de vêtements dépenaillés, usés et salis, affichait une mine dégourdie, une curiosité toujours à l'affût. On voyait cependant que les plis de la privation commençaient à restreindre son sens de l'initiative et le rendaient plus hésitant. Le genre d'enfant, sans doute, livré en bas âge à la rue, sans personne pour s'occuper de lui, habitué à se débrouiller seul, mais qui commence à trouver l'apprentissage un peu lourd pour ses maigres épaules. Il n'était pas sans m'évoquer un copain d'enfance qui vivait dans un taudis et sortait toujours le chandail enfilé à l'envers et les lacets détachés. Ses priorités visaient ailleurs. J'ignore ce qu'il est devenu. La dernière fois que je l'ai vu, il pleurait à chaudes larmes : des plus grands l'avaient bousculé et lui avaient chipé sa crème glacée, un des rares bonheurs qu'il pouvait s'autoriser.

C'est en pensant à lui que je me suis approché du garçon dont les yeux étaient toujours rivés à la cantine.

— Tu aimerais en avoir ?

Il a sursauté, comme étonné qu'on lui adresse la parole. Mais il n'a pas mis de temps à réagir et a fait timidement oui de la tête. Bon point pour lui. Il savait répondre avec honnêteté aux questions qu'on lui posait. En payant mon dû au commerçant, j'ai ajouté un autre trois dollars.

— Tenez, faites-lui plaisir, monsieur… ?

— Gaspard ! Pour vous servir !

Je suis parti au moment où le petit, les yeux exorbités, tendait les mains pour recevoir son assiette, avec les recommandations d'usage de monsieur Gaspard.

— Voilà, mon garçon, fais attention de ne pas échapper l'assiette. Tiens, assieds-toi ici et régale-toi.

L'enfant s'est installé sur les marches de l'immeuble voisin. Il arborait un sourire extatique digne d'une affiche électorale. J'étais content de mon geste, même si j'avais une vague conscience des risques que je prenais et dont on pourrait m'accuser, comme nous le rappellent chaque jour les colporteurs de mauvaises nouvelles et les médias tonitruants : détournement de mineurs, incitation à la débauche, tentative d'empoisonnement, qui sait, l'imagination est sans bornes. Je m'en foutais. Je venais de passer un moment joyeux et d'en faire vivre un à un innocent garçon. C'est tout ce qui m'importait.

En fait, je venais plutôt d'ouvrir la porte à un petit feuilleton dont je me souviendrai toute ma vie.

CHAPITRE 2

Le lendemain, j'ai regardé par la fenêtre pour m'assurer que je n'avais pas été victime d'une hallucination. Autour de quelques bières, j'avais raconté l'anecdote à des amis au *Quai des brumes*. Je les avais bien fait rire. Tous s'étaient promis de venir visiter ce commerce d'un autre âge, à contre-courant des principes de la mondialisation et de la logique des profits. À ma grande joie, monsieur Gaspard était revenu s'installer au même endroit. Mais j'ai eu un pincement d'inquiétude lorsque j'ai vu une femme parlementer avec lui, une femme qui tenait par la main le petit garçon à qui j'avais offert une assiette de toupyne. Ça y est, mes pires appréhensions surgissaient sous mes yeux comme une horde de barbares venus me faire prisonnier et me livrer aux sévices d'avocats corrompus et de juges sourds à mon plaidoyer. Elle était sans doute en train d'enquêter pour connaître le dangereux névrosé qui avait eu le culot d'approcher son fils, avec on ne sait quelles machinations perverses. Je sentais l'angoisse m'enserrer de ses tentacules.

Et puis, non. C'est trop bête. On n'a pas le droit de punir les bonnes intentions. J'ai décidé de me défendre en attaquant. J'ai revêtu mon blouson de cuir rembourré aux épaules et mes verres fumés pour me donner un air intimidant, puis je suis descendu pour me diriger droit vers elle, gonflé à bloc, prêt à affronter une meute de loups affamés et même une mère couveuse.

En me voyant arriver, le petit garçon a pointé un doigt vers moi en tirant sur la manche de sa mère pour détourner son attention. Contrairement à ce dont je m'attendais, il souriait de toutes ses dents, du moins celles qui n'étaient pas encore tombées, et m'envoyait un petit salut de la main. Monsieur Gaspard a pris la parole en premier.

— Bien le bonjour!

«Bien le bonjour!»… Combien de fois devais-je par la suite entendre monsieur Gaspard accueillir ses clients avec cette sympathique formule de bienvenue? Il en avait fait une sorte d'enseigne commerciale sans s'en rendre compte. Si tous accouraient pour goûter à sa toupyne, la grande majorité venait également pour entendre monsieur Gaspard les gratifier de ces trois petits mots, de sa voix chaleureuse où ne perçait que le bonheur tout simple d'être là, entouré de gens souriants, sans aucune arrière-pensée, sans aucun calcul perfide, sans aucun monnayage de bas aloi. Et chacun repartait avec le sentiment que la vie en troupeau savait encore réserver d'agréables surprises.

Bref, monsieur Gaspard venait de m'accueillir avec sa formule appelée à enluminer sa réputation et m'offrait une nouvelle platée de son mets.

— Un petit rappel gustatif?

J'entendais monsieur Gaspard d'une oreille, car je campais toujours sur le qui-vive, redoutant une réaction imprévisible de la mère, probablement membre de la meute des griffes acérées et des jugements tout faits. Mais, comme si souvent, entre plusieurs scénarios catastrophiques, c'est toujours le dénouement le plus plausible, et auquel on pense étonnamment le moins, qui se produit.

— Bonjour, monsieur! C'est très gentil à vous d'avoir offert une bouchée à mon petit.

— Plus qu'une, maman, une assiette pleine!

Nous nous sommes étouffés de rire. Monsieur Gaspard en pleurait presque. L'assiette qu'il s'apprêtait à tendre à un client tanguait comme sur une mer démontée. Son contenu risquait de renverser à tout moment. Le client suivait le mouvement et se concentrait à attraper l'assiette avant qu'il ne soit trop tard. Pendant ce temps, le garçon jetait des regards inquiets de l'un à l'autre en se demandant ce qu'il avait bien pu dire pour provoquer une hilarité pareille. Monsieur Gaspard a repris ses esprits le premier.

— Il est bien mignon, ce petit!

— C'est tout ce que j'ai au monde…

J'ai vu les yeux de la mère s'embuer. En même temps, sa souffrance intérieure diffusait impitoyablement son venin dans les traits de son visage. Elle devait avoir environ vingt-cinq ans, était assez trapue, plutôt moche, mais moche surtout parce qu'une aigreur insidieuse avait causé des dommages. Il lui manquait cette vivacité confiante qui attire les regards et prédispose à l'impression de beauté. L'accoutrement n'avait d'ailleurs rien pour racheter la mise. Elle portait l'uniforme consacré des moins de trente ans: un t-shirt sans manches brun délavé, un veston de coton élimé et grisâtre, un jean informe coupé à mi-mollet et surtout les incontournables sandales claquettes en caoutchouc, qui déforment et crottent les pieds avec une redoutable efficacité. J'ai jeté un œil de côté à monsieur Gaspard. Ses antennes captaient l'émission sans interférences, tandis qu'il continuait à servir des clients intrigués et alléchés. Conscient sans doute du besoin de confidence de cette femme seule, accrochée au bonheur de son enfant comme à une bouée, monsieur Gaspard lui a tendu une perche. Il tombait bien. J'allais souvent me rendre compte avec quelle facilité les langues se déliaient en sa présence, du fait de son écoute attentive et cordiale. Les complexions délicates de sentiments et d'adversité se résolvaient comme par enchantement lorsqu'elles lui étaient confiées.

— Comment se fait-il qu'une belle femme comme vous élève seule un si charmant garçon?

La mère, désarçonnée par probablement le premier compliment qu'elle recevait depuis l'époque du Déluge, a hésité quelques secondes, le temps d'évaluer la sincérité de la question. Et de céder à l'envie d'y répondre.

— C'est une longue histoire.

— On dit toujours ça, comme si on craignait de déranger. Pensez à moi, debout toute la journée! Les histoires réconfortent, vous savez, même celles qui se terminent moins bien. Elles rapprochent des gens, et ce n'est pas négligeable. Racontez-moi! Je suis ici pour encore un moment.

Il lui a déposé d'office une assiette dans les mains, cadeau de la maison. La mère, qui répondait au prénom de Mélany, avec un «y», en tremblait d'émotion, tant elle se sentait indigne de toute cette gentillesse à son endroit. Elle a avalé quelques bouchées avant de tendre le reste à son enfant, qui attendait son tour avec impatience. Aussitôt, l'assiette entre les mains, il est allé s'accroupir un peu plus loin et avaler goulûment sa ration de protéines. Mélany a ensuite pris la parole d'une voix chevrotante.

— Eh bien, tout ça a commencé il y a huit ans.

Elle parlait d'une voix à la fois posée et distante, au fur et à mesure que les souvenirs lui revenaient en mémoire. Elle étudiait en droit, à l'époque, et voulait se spécialiser dans le droit des affaires, négocier des ententes, établir les normes, rédiger des contrats, réviser des procédures, éplucher la jurisprudence, superviser les règles, tout ce bazar qui pèse sur le fonctionnement des entreprises. Elle se voyait déjà comme un capitaine guidant le navire d'une compagnie sur les mers de paperasse et de tâtonnements bureaucratiques. Pour fêter la fin de l'année, elle et deux copines ont décidé d'effectuer un petit voyage en Jamaïque. Des vacances rêvées, du pur dépaysement, après une session ininterrompue d'étude intensive et de travaux de longue haleine.

— Il s'agissait de mon premier voyage. J'exultais, en proie à une liesse juvénile où tous les horizons nous paraissent atteignables. En mettant le pied sur la piste à la sortie de l'avion, je me retenais pour ne pas hurler, tant j'étais enivrée par un soleil éclatant et par un air parfumé comme je n'en avais jamais respiré.

Le séjour n'allait pas être en reste. Le trio ne voulait rien rater, nageant dans la mer comme des rescapées, courant sur la plage comme ils le font dans les reportages sur la Californie, enfilant excursion sur excursion dans des coins tous plus paradisiaques les uns que les autres. Le soir, elles enfilaient langoustes et grillades généreusement arrosées de vin et de rhum, avant de s'encanailler dans des discothèques délurées. Malgré des nuits de quatre heures, elles remettaient ça le lendemain, avides de ne rien perdre de ces instants bénis.

— Le dernier soir, nous avons décidé de fêter en grand, histoire de conclure nos vacances par un feu d'artifice de sensations. Nous avons affrété un taxi pour nous rendre à Kingston, la capitale, à la recherche d'une boîte de nuit à notre hauteur. Nous n'avons pas été déçues.

Une clientèle bigarrée, délinquante à souhait, avait envahi les lieux et se livrait à des actes à la limite de la décence. Il ne s'agissait que de lancer le filet. Un banc de mâles attirants n'attendait que de se prendre dans les mailles. Bientôt entourée de jeunes bellâtres qui provoquaient d'agréables remous dans son bas-ventre, Mélany, déjà chauffée par l'alcool, sentait se dissoudre toutes ses inhibitions. Un prétendant l'emballait de mots tendres et juteux. Ses copines se déhanchaient déjà sur la piste de danse. Sous leur chemisier en sueur, on pouvait deviner la ligne des seins. Puis, le beau parleur qui lui tenait compagnie au bar a offert un autre verre à Mélany. Elle a accepté avec le sourire. Elle aurait davantage dû se méfier des yeux plissés qui semblaient camoufler de sombres calculs. Un peu nerveuse, elle a avalé d'un trait le verre déposé devant elle.

— Et c'est la dernière chose dont je me souvienne jusqu'au moment où j'ai repris mes sens, couchée sur la plage, avec ma seule robe sur le dos, des élancements partout et quelques curieux qui s'inquiétaient de ma santé.

La police est arrivée sur les lieux et l'a conduite au poste. Elle n'avait aucune idée de l'heure. L'intérieur de sa tête résonnait comme une cloche de beffroi. Elle était totalement désorientée. Elle n'a commencé à retrouver ses esprits que lorsqu'un policier a retiré de sa pochette, sur le devant de sa robe, un petit emballage de plastique qui contenait quelques grammes de cocaïne. Et puis, Mélany s'est souvenue qu'elle devait reprendre l'avion le jour même. Ou était-ce la veille? Avant de pouvoir poser une question, elle était conduite sans ménagement dans une cellule sinistre, toujours pieds nus, sans sous-vêtements, en compagnie de pauvres pochardes qui s'amusaient à soulever sa robe pour dévoiler ses fesses.

— Par bribes, je suis parvenue à reconstituer

les faits. Il s'était écoulé environ douze heures entre le moment où j'ai perdu la carte et celui où je me suis réveillée sur la plage. Mon avion avait déjà décollé. Mes copines, inquiètes, avaient signalé ma disparition, mais avaient évidemment dû repartir pour le pays. De mon côté, on m'avait volé argent et passeport. Mes effets personnels avaient été laissés à la consigne de l'hôtel au cas où je reviendrais, mais ils ne contenaient rien qui pouvait soutenir ma cause. Car on m'accusait de trafic de drogue.

Le petit salaud de la boîte de nuit avait bien planifié son coup. Il avait dû laisser tomber une capsule dans son verre et agir en toute liberté durant la nuit entière. Et en l'abandonnant sur la plage avec un sachet de cocaïne sur elle, il dynamitait toute argumentation, toute protestation d'innocence, toute exhortation à retrouver le coupable.

Mélany a fini par obtenir une audience avec un délégué de l'ambassade du Canada, manifestement en transit en Jamaïque et n'attendant qu'un poste plus prestigieux dans une ambassade européenne. Jeune, chic, bien coiffé, parfum subtil, hautain et juste ce qu'il faut d'air ennuyé pour décourager les inopportuns, le genre typique qui a été élevé à Outremont toute sa vie et qui considère l'avenue du Parc comme la frontière du tiers-monde.

— J'ai eu droit à une telle bordée de mépris

que j'en frémis encore, rien que de repenser à cette humiliation. Pour lui, je n'étais qu'une traînée, engagée dans des trafics louches, probablement camée et prostituée. J'ai eu toutes les peines à le convaincre de vérifier au pays mon statut d'étudiante, de contacter mon père, mes amis, l'agence de voyages qui nous avait vendu le forfait.

Mais sous le coup d'une accusation, et même si le délégué a fini par entendre raison, elle devait se rendre au bout des procédures. Comme si ça ne suffisait pas, le vol de son passeport impliquait de longues démarches pour s'assurer qu'elle n'était pas de mèche avec une organisation terroriste ou criminelle, compte tenu de ce que vaut un tel document en règle au marché noir. Elle a vécu une attente interminable, croupissant dans une cellule sordide pendant que l'émission d'un nouveau passeport et les arrangements pour un rapatriement suivaient leur cours. Interrogée de longues heures qui la menaient à l'épuisement complet, elle mangeait peu, n'échangeait avec aucune prisonnière, ne sortait qu'une heure le matin pour la promenade quotidienne. Elle était en proie à une telle angoisse qu'elle avait peine à mettre un pied devant l'autre. Dans les pires moments, elle revoyait un film qui se passait en Malaisie où un touriste, arrêté pour possession de haschisch, était condamné à la pendaison.

— Je passais des heures à pleurer, certaine de ne jamais réchapper de cette situation absurde. Mais ce n'était pas tout. Après deux mois d'incarcération, j'ai commencé à m'inquiéter de mon absence de règles. J'avais attribué les nausées et même l'arrêt des menstruations à ma nervosité, mais, peu à peu, il a bien fallu me rendre à l'évidence : j'étais enceinte. Je me rappelais tout à coup l'inflammation vaginale qui m'avait démangée durant plusieurs jours. J'étais bien obligée d'admettre, atterrée, que j'avais été victime d'un viol, sans doute collectif, vu la douleur de l'inflammation, et que j'attendais maintenant un enfant.

Prenant son courage à deux mains, Mélany recontacte le délégué qui, devant son insistance, finit par venir l'entendre à la prison. Alors qu'elle craignait une nouvelle salve de mépris, cet aveu a fait basculer son opinion. Il commençait à admettre avoir affaire à une victime de ce qu'il appelait une «incroyable malchance». Il ne croyait pas si bien dire. Chaque jour qui passait diminuait les chances d'un avortement. Malgré des efforts soutenus de l'ambassade, la grossesse a pris sa vitesse de croisière. Aucune autorisation n'a été accordée, dans un pays où d'ailleurs cette pratique n'a pas lieu, ni non plus aucune accélération des procédures pour un rapatriement au pays.

— Finalement, un non-lieu a été décrété en ma faveur. Les accusations ont été abandonnées contre la promesse de ne plus remettre les pieds en Jamaïque. Tu parles! Même sans serment, jamais je n'y retournerai, sous aucun prétexte. Je suis d'ailleurs encore tellement traumatisée que je ne vois pas le jour où je reprendrai l'avion. À mon arrivée, enfin, j'étais enceinte de huit mois. Je tenais à peine debout, soutenue seulement par le bonheur incrédule d'être rentrée au pays. Seul mon père m'attendait à l'aéroport. Je le reconnaissais à peine, tant l'inquiétude l'avait grugé. On l'avait harcelé de questions et de vérifications. On refusait de répondre à ses demandes insistantes. Il tentait de me sourire, mais, comme il n'avait recueilli que des informations fragmentaires sur ma mésaventure, il ne savait pas trop comment départager les rumeurs et les faits réels. La somme de ses soucis était imprimée sur son front et ses cheveux blanchis. Mais lorsqu'il a vu mon ventre rebondi, il a éclaté en larmes, prêt à tout pardonner à sa fille, quelles que soient ses responsabilités. Je n'ai pas tout perdu dans l'histoire. Ce garçon, non désiré, que j'aurais pu prendre en aversion, s'est avéré une surprise totale. Je n'étais aucunement préparée à jouer le rôle de mère, mais j'aime croire que j'étais prédisposée. Au lieu de me renvoyer sans arrêt à ces souvenirs que je tente d'enfouir le plus profondément possible, ce petit amour me procure, malgré les difficultés que je traverse, un apaisement qui ne se dément jamais. Je ne suis pas parvenue à terminer mes études. Je ne trouve pas d'emploi qui s'accorde aux horaires de Thomas-Éric. Je butine donc des petits boulots à gauche et à droite pour joindre les deux bouts. C'est comme ça. Je marche sur des œufs en me croisant les doigts pour n'en écraser aucun, malgré la hantise de la gaffe qui viendrait encore empirer ma situation. Même si j'ai perdu mon élan et ma confiance, je relativise de mieux en mieux. Personne n'est à l'abri des mauvaises surprises, je peux en témoigner, mais j'ai la conviction de pouvoir m'en sortir.

Il y avait un curieux silence autour de nous. Je n'avais pas remarqué que plusieurs clients de monsieur Gaspard s'étaient attardés sur les lieux et s'étaient attroupés pour écouter eux aussi le récit de ces troublantes péripéties. Ils étaient tellement captivés qu'ils en oubliaient leur dîner. Monsieur Gaspard les a rappelés à l'ordre.

— Allez, mangez! Ça va être froid! En plus, j'ai besoin d'assiettes! Une autre portion, Mélany?

Un peu comme un amuseur public, la mère du petit Thomas-Éric avait attiré les badauds. Ils en profitaient pour céder à la tentation d'un nouveau plat et prendre une collation. Comme il fallait demeurer sur place pour remettre l'assiette vide, autant entamer une conversation avec les autres convives. Les commentaires allaient bon train. L'occasion de déverser son trop-plein d'indignation se prêtait à merveille. Du «C'est dégueulasse!» bien senti au «On ne peut se fier à personne!» catégorique, en passant par le «Je ne m'en serais jamais remise!» de soulagement, sans compter les allusions xénophobes à peine voilées aux «pays arriérés», chacun y allait de son interprétation et de sa vision éditoriale des événements. Ceux qui avaient pris le récit en cours de route croyaient que Mélany avait échappé à un attentat ou qu'elle vivait un cas extrême de violence conjugale. Ils s'empressaient autour d'elle et lui offraient toute leur compassion. Un peu étourdie par le barrage de questions, de demandes de précision et d'exclamations indignées, Mélany, à la fois touchée par tant d'attention et gênée par les épanchements désordonnés qu'elle avait provoqués, tentait de répondre aux sollicitations du mieux qu'elle le pouvait. Elle jetait de temps en temps un œil à son fils qui continuait de s'empiffrer avec un plaisir touchant, le visage barbouillé de sauce, sagement assis à l'écart.

Comme toujours, vivre le malheur par procuration permet de prendre la mesure de sa chance, même si, à la longue, les histoires d'arnaque érodent un peu plus le capital de confiance envers autrui. Je n'étais pas en reste. Il est rare de rencontrer, sous ces latitudes mortifiées par le froid et l'indifférence, une personne ayant vécu un drame aussi éloquent. Elle avait raconté son histoire avec dignité et émotion. On ne pouvait que sympathiser, alors que si souvent les larmoiements font fuir au lieu d'attirer. Rien de cela chez elle. Malgré les lézardes profondes qui avaient fissuré ses valeurs, on sentait qu'elle allait de l'avant, avec une circonspection bien compréhensible, mais sans apitoiement. Elle tenait par l'épaule son garçon revenu près d'elle, ravi du remue-ménage et de l'aubaine de cette diversion inattendue. Je me suis approché pour lui glisser quelques mots à mon tour.

— Eh bien, les voyages ne forment pas toujours la jeunesse, on dirait.

— Mais ils lui donnent quelquefois naissance!

Elle désignait avec un sourire attendri le petit Thomas-Éric. Je lui ai posé des questions sur les petits boulots qu'elle avait mentionnés. Elle s'était notamment déniché un poste de bibliothécaire, plutôt imprévu, mais qui convenait dans les circonstances. Derrière son comptoir, protégée par les rayonnages de livres, elle avait l'impression de vivre à l'abri des intempéries de la vie. L'atmosphère tamisée lui procurait une sorte de réconfort. Rien de mieux pour calmer les nerfs soumis aux épreuves.

— Les études de droit sont oubliées?

— Je ne vois pas comment je pourrais résoudre l'équation études-travail-famille. De plus, je ne m'en sens pas la force. Déjà, à la bibliothèque, il paraît qu'on veut m'offrir une promotion, un emploi à temps plein qui soulagerait mes finances, mais qui impliquerait une logistique d'horaire affolante. Rien que d'y penser m'empêche de dormir.

— Allons, ça pourrait être un changement bénéfique, non?

— Je m'interdis les élans d'optimisme trop spontanés. Qui me dit que ça ne fragiliserait pas davantage ma position, d'être obligée de prendre des décisions, de superviser des susceptibilités, de composer avec des responsabilités que je ne me sens pas apte à assumer?

— Il n'y a rien comme d'essayer.

— C'est ce qu'on dit. Encore faut-il être convaincu de ses capacités.

— Curieux comme tant de gens s'interdisent le changement par crainte d'eux-mêmes…

— Je comprends et je tente de me convaincre. Mais, vous savez, tant qu'à essayer pour essayer, c'est dans un autre domaine que je me verrais tenter le coup.

— On peut savoir?

Elle regardait droit devant, rêveuse, comme si elle pronostiquait ses chances de réaliser son ambition dans un avenir rapproché.

— Je joue du violon depuis que je suis toute petite. J'aimerais un jour en jouer dans un groupe et me produire sur scène devant une foule. Je sens que je retrouverais ainsi mon assurance et que la musique me ramènerait ma vivacité de jeune fille. J'en rêve en m'imaginant toutes les rencontres qui pourraient en découler.

Au même instant, une pluie diluvienne nous a pris par surprise, provoquant un branle-bas de combat. J'ai salué sommairement à la cantonade et j'ai retraité chez moi à toute vitesse. Une fois changé et séché, je n'avais plus rien de précis à faire. Je me suis approché de la fenêtre pour observer le déluge et écouter le ruissellement de l'eau sur la chaussée. Dehors, sur son territoire, monsieur Gaspard tenait le fort, bien abrité sous son auvent de fortune. Il affichait un sourire énigmatique, en parfait contrôle de la situation, aucunement contrarié par cette pluie qui avait pourtant fait fuir ses clients. J'ai pris ma première photo de lui ce jour-là.

CHAPITRE 3

J'étais représentant. Ou devrais-je plutôt dire «attaché commercial, directeur principal, division motorisée pour le secteur international». Bref, j'étais représentant. Je vendais des pièces détachées pour de la machinerie lourde et des véhicules de transport. Il arrive souvent qu'on ne trouve plus de pièces de rechange pour des modèles retirés du marché, mais encore en bon état de service. L'entreprise qui m'employait est spécialisée dans la fourniture de pièces usinées sur mesure à partir des pièces défectueuses qu'il faut remplacer. Mine de rien, il faut en produire des quantités impressionnantes, tant les contrôles de qualité sur la mécanique de la part des manufacturiers ressemblent de plus en plus à un vaudeville.

Il y a quelques années, la fabrication des pièces était confiée à une usine non loin de Montréal. Le dollar s'échangeant à des taux plutôt chétifs, j'arrivais à écouler sans peine ma marchandise et à répondre à la demande. Nos prix avantageux, compte tenu de la faiblesse de la devise, compensaient les coûts de production indécents. Les commandes affluaient, nous demeurions compétitifs et bien implantés, les rouages de la compagnie baignaient dans l'huile. Mais, comme toujours, le mirage des profits annihilait tout sentiment d'urgence ou toute volonté de planification à long terme. Les cadres dits supérieurs refusaient de tenir compte de l'amoncellement de nuages gris à l'horizon. Pour éviter les problèmes avec le personnel, les revendications résonnaient invariablement d'un écho favorable, et la moindre des demandes était satisfaite avec le sourire. Une atmosphère de droits acquis s'instaurait peu à peu. Les pauses-café s'allongeaient indûment. La ponctualité n'était plus qu'accessoire. Personne ne s'étonnait qu'un employé d'entretien gagne annuellement davantage qu'un professeur d'université.

Bien entendu, la navigation à vue ne fonctionne toujours qu'un temps. Dès que les récifs pointent le nez, des mesures s'imposent si on veut éviter le naufrage. Avec la revalorisation soutenue du dollar et la chute parallèle des profits, tous les témoins rouges se sont mis à clignoter en même temps. Les bruits les plus farfelus s'amplifiaient chaque jour. L'emballement des rumeurs valait le détour. De la vente de l'usine à la fermeture des divisions, du renvoi de la moitié des employés à la faillite pure et simple, le raz-de-marée des spéculations balayait du revers de la main l'optimisme béat qui régnait jusqu'alors sans partage. Je vous passe les détails, dans cette ambiance survoltée par la méfiance et la paranoïa, tout autant que par le spectre du chômage et l'insécurité.

De douloureuses et pénibles négociations devaient s'amorcer sans tarder. Il fallait coûte que coûte enrayer la déconfiture de la compagnie. Mis devant les faits, les employés n'ont voulu céder aucun terrain, poussant de hauts cris, estimant que l'entreprise trafiquait les états financiers, qu'elle exagérait la gravité de la situation ou qu'elle ne prenait pas les moyens appropriés pour maintenir la barque à flot. La proposition de moderniser l'usine avec de l'équipement robotisé s'est elle aussi butée à une fin de non-recevoir, puisqu'elle impliquait le renvoi d'une partie du personnel. Et, bien sûr, la moindre allusion à baisser les salaires ou à couper dans le gras des avantages sociaux soulevait des vents d'émeute.

Chacun campait donc sur ses positions. Devant l'imminence d'une catastrophe, la tendance naturelle veut que le cap de l'optimisme débonnaire soit maintenu. L'attitude de déni devient tout à coup la norme et fait le plein d'abonnés. Les pauvres abrutis qui cherchent à faire preuve de réalisme sont accusés d'être de sinistres défaitistes ou des rabat-joie importuns, tandis que les autres continuent de s'adonner à leurs danses en ligne au milieu des flammes. Pourtant, cette lutte pour garder le moral au beau fixe, toute méritoire qu'elle soit, n'empêche pas le jugement impitoyable des faits.

La nouvelle est finalement tombée un bon matin et a explosé comme une raffinerie. Dans la consternation, chacun apprenait que, là comme ailleurs, la Chine héritait du gâteau et que la majeure partie des opérations de production était transférée à Shanghai. Seuls l'entrepôt et un petit atelier pour des pièces trop spécialisées demeuraient ouverts. Tout le reste fut liquidé en un rien de temps. Les trois quarts des employés ont été priés d'aller cogner à d'autres portes, en Chine si ça leur tentait. On leur faciliterait même le déménagement! Personne n'a évidemment apprécié la blague. C'est plutôt à la porte du bureau de chômage qu'il a fallu aller cogner.

Il y a bien eu quelques tentatives de représailles, des ébauches de mouvement, des pétitions, des négociations ultimes, des protestations, des convocations des médias, des tentatives de sabotage, un peu de vandalisme, beaucoup de coups de gueule et quelques-uns de poing. Mais le sort en était jeté, comme disait l'autre. La mine basse, le dos voûté, chacun a dû douloureusement se résigner à sa nouvelle condition de sans-emploi à durée indéterminée.

La mobilisation s'essoufflait dans l'indifférence générale de ceux qui n'étaient pas concernés.

J'ai échappé de justesse à la purge. On m'a gardé, moins pour mes compétences que pour mon consentement à une diminution de salaire de trente pour cent. Et aussi en raison de ma carapace aux injures vindicatives. On me pardonnait difficilement de demeurer à la botte de cet employeur véreux. Mon collègue Bruno, un reliquat de temps révolus avec sa famille de cinq enfants, a eu moins de veine. Il ne pouvait raisonnablement pas entretenir sa progéniture avec une telle baisse de ses revenus et, avec les allures d'un désespéré au bord de la noyade, il a tenté sa chance un peu partout. Aux dernières nouvelles, il pensait partir pour l'Alberta et ses pétrodollars. Quand l'émigration constitue la seule avenue porteuse d'espoir, il y a sûrement du sable dans l'engrenage.

De mon côté, un chèque de paie moins substantiel a été compensé par des responsabilités accrues et des perspectives de voyage. Je ne m'en sors pas trop mal, en fin de compte. J'ai préféré m'accrocher au rééquilibrage actuel plutôt que de regretter le paradis perdu, en dépit des mines déconfites et du climat de travail empoisonné qui a relayé la franche camaraderie d'antan. J'aurais pu tomber plus bas, surtout si je compare avec les malchanceux qui n'ont pas échappé au couperet et qui s'enlisent progressivement dans les bourbiers de l'inactivité.

Même si je me suis adapté en attendant de trouver un meilleur moyen de survie, il ne faut pas croire que je sois servile pour autant. Jongler avec l'ensemble des possibilités et des risques qui découlaient de ce revirement m'a tenaillé durant quelques nuits sans sommeil. J'aurais pu choisir de tout larguer et de me lancer à l'aventure en espérant un dénouement bénéfique. Cela arrive. Mais je possédais déjà des acquis sur lesquels il me semblait plus sage de m'appuyer. La perspective d'un changement vers l'inconnu, au lieu de m'apparaître chargée de promesses, me dressait plutôt le portrait d'une chevauchée remplie de périls. Je l'avoue, j'ai craint de ruiner ma situation et de la rendre irrécupérable. J'ai préféré les gestes familiers et une paie réduite plutôt que le risque d'empirer mon sort.

Quand j'y repense, à la lumière de cette expérience et de mon attitude, je m'étonne de ce réflexe protectionniste, cette crainte du brouillard d'inconnu qu'un changement important entraîne avec lui. Comme s'il fallait surtout ne rien brusquer afin de ménager la porcelaine. À moins que ce comportement frileux et hésitant ne soit au contraire un salutaire réflexe de prudence. Je ne parviens pas à départager les deux conceptions. J'imagine que, là comme ailleurs, savoir où on met les pieds est matière à évaluation et question de penchant personnel. À ce moment, j'assumais le fait de demeurer en terrain connu, même s'il était désormais parsemé des débris de la rancœur humaine et des illusions perdues.

Durant quelque temps, la réorientation de stratégie au profit des Chinois a semblé porter ses fruits. Les pièces livrées n'étaient facturées qu'au tiers de ce qu'il en coûtait autrefois pour les produire, même en tenant compte de leur transport sur une moitié du globe. D'autant plus qu'un dollar toujours vigoureux permettait de les acquérir à bon prix. Les profits se sont remis à grimper, les affaires retrouvaient la couleur dorée des bonnes périodes. On se frottait les mains en haut lieu. On se tapait sur l'épaule comme après la traversée sans dommages d'un champ de mines.

Et puis, à nouveau, des signaux inquiétants sont apparus. Il y a d'abord eu un taux anormal de défectuosités. Sur mille pièces produites, au moins cent cinquante devaient être rejetées, contre environ une dizaine quand l'usinage avait lieu ici. De plus, les délais de livraison s'allongeaient dans des proportions dignes d'un décret ministériel. Justifier les retards auprès de la clientèle relevait de l'acrobatie. Les coups de téléphone intempestifs à nos bureaux de Shanghai pour faire bouger les choses se butaient à une politesse aussi courtoise qu'indifférente, aussi avenante qu'hypocrite. Des commandes étaient annulées sans rémission. On me menaçait de représailles, on m'abreuvait d'insultes. J'étais admiratif devant le foisonnement d'invectives que les clients frustrés m'adressaient. Dans certains domaines, l'imagination confine au prodige. Bien sûr, il y avait les banalités d'usage, grossières et peu dignes de mention. Certaines étaient d'inspiration plus poétique, surtout chez nos clients d'outre-mer, comme «Bouillon d'intestin!», «Peau de vache usée!», «Atrophié du cerveau!» ou encore ma préférée: «Purulence incarnée!» J'avais presque envie de dire merci!

Mais tout ça pour dire que ma prime de fin d'année s'en ressentait. Une fois de plus, après une trop brève accalmie, il fallait remédier à une situation critique, au bord de la crise.

J'ai été dépêché à Shanghai pour tenter d'élucider les problèmes de production et pour mettre en place des solutions. La bonne affaire. Je n'avais jamais mis les pieds en Asie. Je ne connaissais rien à la mentalité chinoise, si ce n'est des lieux communs comme leur manie de manger à toute vitesse avec des baguettes ou leur sale habitude de cracher partout. Je n'ai aucun talent de négociateur, bien que je sache convaincre, sinon je n'exercerais pas ce métier. Finalement, c'est sous la menace à peine voilée d'un congédiement qu'on a mis fin à mes tentatives de désistement. L'offre, d'abord présentée comme une occasion volontaire de connaître un pays lointain, est rapidement devenue un ordre sans droit de réplique et avec obligation de résultat. De toute manière, personne ne possédait le profil pour partir là-bas. Je ne pouvais pas faire pire qu'un autre. Bien sûr, faire mieux n'allait pas suffire. Il me fallait revenir avec la certitude d'avoir réglé l'imbroglio.

C'est donc étranglé par une nervosité incontrôlable, à peine atténuée par les anxiolytiques ingurgités en renfort pour m'aider à trouver le sommeil, que j'ai posé les pieds à l'aéroport. Je n'avais eu que deux jours pour me préparer, prendre mes rendez-vous, compléter les démarches, trouver une carte de la ville, acheter un dictionnaire de mots usuels en mandarin le temps de recruter un interprète, éplucher mes itinéraires et mon emploi du temps, faire mes réservations. Bref, la folie furieuse, comme il est d'usage en pareil cas.

En sortant de l'aéroport, j'ai subi le pire barrage d'agressions sensorielles de ma vie. Une chaleur tellement accablante qu'en deux minutes, on pouvait suivre à la piste mes traces de sueur, des odeurs à lever le cœur, un vacarme à fissurer les tympans, et surtout l'assaut de six chauffeurs de taxi qui vociféraient pour m'avoir comme client. L'angoisse totale. J'ai été sauvé par un vieux Chinois qui m'a arraché d'office ma valise des mains pour me conduire à son taxi, avec moi à ses trousses et sous les protestations de ses collègues laissés en plan par la manœuvre hardie. Une fois abrité dans le véhicule, mon sauveur m'a parlé dans un anglais sommaire mais correct. J'ai pu commencer à me détendre, malgré l'épuisement du décalage horaire et la chaleur digne d'un haut-fourneau.

Je vous fais grâce de mes péripéties. Entre la bouffe sans doute avariée qui m'a vidé du contenu intégral de mes boyaux et une pollution de l'air d'une densité à couper au couteau, en passant par une quasi-noyade au milieu d'une foule tellement compacte que je pouvais à peine respirer, j'ai réussi tant bien que mal à accomplir ma mission. Il ne m'a pas fallu beaucoup de temps pour dénouer le problème, en fin de compte très simple. Le port de Shanghai est devenu le plus gros au monde. Près de vingt millions de conteneurs y sont traités chaque année. L'engorgement est tel qu'il faut quelquefois plusieurs mois pour retrouver un conteneur égaré ou pour qu'il soit enfin expédié à destination. Les navires et les grues se déploient en un ballet inimaginable. J'étais sidéré par la frénésie qui règne sur ces rives. Ballotté d'un service à l'autre, toujours suivi d'un fidèle interprète – grassement rétribué, je dois dire –, j'ai fini par trouver la bonne personne, petit barbichu aux yeux de reptile, potentat craint de tous ses subalternes et incontournable intermédiaire pour débloquer un dossier. La recette n'était pas bien compliquée : j'ai mis en place un virement de fonds automatique dans son compte de banque personnel tant qu'il accorderait une priorité de traitement à notre marchandise.

Et voilà. Dès le lendemain, notre conteneur immobilisé depuis des mois sur les quais était soulevé par une grue et placé sur un navire en partance pour Vancouver. On a beau pester contre la corruption, il n'existe aucune politique plus facile à appliquer tant que le prélèvement de l'argent nécessaire ne jette pas sur la paille. Dans les faits, par contre, cette ponction substantielle sur nos revenus ramenait pratiquement les coûts de production à ce qu'ils étaient avant leur expatriation en Chine. Ainsi vogue le magnifique libéralisme économique.

Après quelques jours à visiter le district de Pudong, ses décors futuristes et ses tours démentielles, j'ai repris l'avion. Durant le vol, je n'ai pu me défaire d'un certain sentiment d'amertume sur ces manières crasses de mener des affaires, sur ces décisions à courte vue, sur ces menaces perpétuelles qui planent sur les emplois, sur le manque total de planification, sur ces improvisations inconsidérées de la part d'hurluberlus en proie à la panique devant les menaces d'actionnaires insatisfaits des rendements. Je me suis adapté à ces mœurs étranges, ce qui ne veut pas dire que j'y adhère. Ces considérations moroses m'ont fait repenser à monsieur Gaspard. Quel contraste, tout de même, bien qu'il soit contre-indiqué d'établir un parallèle entre un commerce si modeste et une entreprise tentaculaire. Au moins, avec mon marchand ambulant, je me retrouvais à une échelle où il m'était possible d'évaluer les proportions, en sachant exactement à quoi m'attendre sans avoir l'impression de m'adresser à une réplique robotisée du genre humain. Je traitais d'égal à égal avec un partenaire d'affaires dont je partageais les règles. J'établissais un contact avec un être sans redouter une manigance ou un poignard dans le dos. Et surtout, je profitais un peu de la chaleur d'une relation simple avec un individu qui n'en demandait pas davantage. Tant qu'il y aura des gens comme lui, je pourrai entrevoir l'arrivée du matin avec une pointe d'humour et de convivialité.

Une fois à Montréal, encore imprégné des décibels et des kaléidoscopes chinois, j'avais l'impression d'une balade dans un village de province. Je voyais les gens affairés, regardant leur montre d'un pas pressé, le cellulaire collé à l'oreille. Je souriais malgré moi de cette orgueilleuse conception du modernisme, alors que je venais de quitter un pays où les directives sont hurlées simultanément dans trois téléphones, où on rédige ses messages sur des appareils portables qui se connectent dans tous les lieux publics, où les contrats se négocient par vidéoconférence, entre deux coups de baguette dans un bol de riz fumant extrait de fours micro-ondes dernier cri, où l'argent n'existe pratiquement plus, relayé par un complexe réseau de transactions électroniques ultrarapides, où on commence même à lire les nouvelles en temps réel sur des feuilles de plastique à encre électronique connectées à Internet. En sortant du taxi devant chez moi, en début de soirée, j'en étais à imaginer monsieur Gaspard rompu à ces technologies d'avant-garde, jouant du clavier comme un prestidigitateur sans se départir de ses attributs d'accueil, le regard espiègle, la voix joviale, les yeux blagueurs. J'avais hâte au matin pour aller le saluer.

CHAPITRE 4

— Bonjour, monsieur!

Tiens, le petit Thomas-Éric qui traînait encore dans les parages. Il avait l'air de bonne humeur, ma foi. Il m'a tendu une feuille de papier, avec son même sourire édenté et ses mains aux ongles crasseux.

— Salut, jeune homme. En forme?

— Beaucoup! Vous aussi?

— Oui, oui. Qu'est-ce que c'est?

— De la publicité!

Dit sur le ton affirmatif d'une fierté bien sentie. En riant, j'ai parcouru le feuillet promotionnel.

À vous tous qui souffrez de fringale, un petit pas la calmera à coup sûr! Venez déguster la toupine de Gaspard! Uniquement à sa cantine, au cas où vous auriez la curieuse idée de la chercher là où elle ne se trouvera jamais! Qu'on se le dise!

Suivait un plan du quartier, avec une croix bien en évidence sur l'emplacement de la cantine en question. J'ai remercié le petit et je me suis dirigé vers monsieur Gaspard, qui m'a tout de suite reconnu.

— Bien le bonjour!

Après les aboiements des serveurs dans les restaurants chinois quand je passais ma commande, ce simple accueil me libérait d'une tension encore trop présente. Je me rendais compte que le séjour en Chine avait pesé sur mon système nerveux davantage que la traversée du pont Jacques-Cartier à l'heure de pointe.

— Comment ça va, monsieur Gaspard?

— Le mieux du monde! D'ailleurs, regardez, je fais recette, si je puis dire!

De fait, une file d'au moins dix clients s'étirait sur le trottoir. Certains adeptes de l'écologie domestique tenaient leur propre assiette vide en attendant qu'on la remplisse, ou alors il s'agissait de zélateurs de l'aseptisation à outrance, peu confiants dans les méthodes de récurage de monsieur Gaspard. Quoi qu'il en soit, tout en me faisant la conversation, le marchand ambulant accomplissait son rôle avec application et un bonheur évident.

— Je vous croyais déménagé!

— Non, un petit séjour à l'étranger, seulement. Dites-moi, le petit Thomas-Éric vous sert de réclame publicitaire?

— Tom, vous voulez dire! Entre vous et moi, qu'est-ce qu'il a fait, ce gamin, pour mériter un prénom pareil? A-t-on idée, avec cette mode des mots composés? J'imagine les affres de nos généalogistes du futur en train de dresser le parcours ancestral d'Ulrich-Xavier-Jeannot Demers-Smith-Wong-Ali. Bref, j'ai décidé de lui simplifier l'existence. Je fais comme tout le monde: quand c'est trop long, je prends un raccourci! Et puis, «Tom» lui va bien mieux, vous ne trouvez pas? Avec son sourire perpétuel et ses culottes trouées, il n'a pas la tête d'un aristocratique Thomas-Éric, selon moi! Tenez, madame, un maigre trois dollars pour ce régal!

Il n'avait pas perdu la forme, le Gaspard. Les clients repartaient, incrédules d'une telle aubaine, d'un théâtre de rue à si bon compte, d'une bouffe délicieuse qui changeait si bien des spaghettis aux boulettes.

— Dites donc, ça roule, votre cantine!

— Seulement après ma journée de travail! Mais oui, vous avez parfaitement raison. Depuis que j'ai engagé Tom, d'ailleurs, j'ai doublé mon chiffre d'affaires. Le petit me rabat du gibier jusqu'à trois rues d'ici. Je dois contenir son enthousiasme. Il me coûte cher de papier!

— Sa mère est d'accord?

— C'est un petit arrangement pour la dépanner. Je lui ai offert de garder Tom sous ma coupe en attendant que l'école recommence, pour qu'elle puisse aller travailler l'esprit en paix. Elle n'a pas les moyens de s'offrir une garde de jour. De toute manière, les listes d'attente sont tellement longues que l'enfant est souvent rendu à sa majorité lorsque son tour arrive. Bref, j'occupe Tom, il me fait une pub du tonnerre, et il n'a jamais paru si heureux.

— J'ai fini, m'sieur Gaspard!

— Déjà? Petit voyou, tu carbures à l'éthanol, ma parole! T'as bien ramassé tous les papiers, comme je t'ai demandé? Je ne tiens pas à payer l'amende «pour dégradation polluante et sanitaire de la voie publique».

— Il n'y en avait pas.

— Pas possible! T'es en train de me dire que les passants ne balancent pas leur feuillet par terre comme tout bon citoyen?

— Oui, m'sieur!

— Et t'as regardé dans les poubelles?

— Oui!

— Et t'as rien récupéré?

— Y en avait pas!

— Eh bien! Le taux de retour sur investissement devrait battre des records! J'appelle ça une campagne publicitaire bien ciblée! À moins que les gens se soient mis à collectionner toutes les pubs qu'ils reçoivent; il ne faut plus se surprendre de rien de nos jours. Bon, il faudrait aller faire des photocopies, mais je ne peux pas t'accompagner.

La mine déconfite du petit valait le prix d'entrée au match du Super Bowl. N'importe quel responsable de casting l'aurait aussitôt embauché pour le rôle d'Oliver Twist. On pouvait presque entendre le grincement des engrenages de son cerveau, tant il se désespérait de trouver une solution pour poursuivre sa louable mission. J'avais un peu de temps. J'ai décidé de venir à sa rescousse.

— Allez, viens, garçon. On va aller se réapprovisionner.

Monsieur Gaspard a accepté l'offre le plus naturellement du monde. Il n'a fait aucuns salamalecs du genre «Je ne voudrais pas vous déranger» ou «Non, non, laissez, j'irai plus tard», comme il est d'usage dans les contrées où un curieux travers d'éducation laisse croire que refuser un service est une forme de politesse. Il n'a même pas protesté lorsque je lui ai dit que j'assumais les charges de l'opération, petit coup de pouce à son entreprise florissante et à la qualité de vie du quartier! C'est vrai, quoi. Il me semble qu'il règne une bonne humeur contagieuse dans le coin depuis l'arrivée de cette cantine. Elle méritait bien un peu de publicité. Monsieur Gaspard s'est mis à rire. Il avait un autre point de vue sur la question.

— Des critiqueurs diraient qu'avec tout le papier que je gaspille, vous devriez plutôt planter quelques arbres si vous voulez rehausser l'allure du quartier!

Pendant que monsieur Gaspard retournait à sa clientèle, je me suis occupé de fournir Tom avec une liasse de feuillets et je l'ai laissé à son «bureau». Je l'ai observé durant quelques minutes. Il arpentait la rue en accostant chaque passant et leur remettait d'office un feuillet entre les mains. Il y mettait le meilleur de lui-même, avec un réel plaisir, nourri par l'incomparable conviction de se sentir utile. Quoi de mieux pour mettre du baume sur la confiance d'un enfant que de lui insuffler un sentiment d'importance?

Moi-même, je n'ai pas d'enfants. Il m'arrive de le regretter, mais, dans le fond, je crois que ça vaut mieux. Ils me deviendraient trop indispensables, et je voudrais passer tout mon temps avec eux, rire de leurs facéties, les voir grandir, admirer leurs exploits, vanter leurs qualités, suivre leurs étapes, les épauler, les encourager comme les consoler, et sans doute les engueuler pour leur bien de temps en temps. Me rendre au travail dans ces conditions m'apparaîtrait comme la plus exécrable des corvées. Quitter ma progéniture pour une telle dilapidation d'énergie me frustrerait de manière insupportable. Alors, c'est ainsi. Je n'ai pas d'enfants. On ne peut pas tout avoir, comme l'exprime la sagesse populaire.

J'ignorais encore à ce moment le rôle considérable que les enfants avaient joué dans la vie de Gaspard.

CHAPITRE 5

Le climat prenait un malin plaisir à faire mentir les prophètes de malheur de la météo. Un temps magnifique dispensait sans discontinuer ses bonnes œuvres depuis plusieurs semaines. Il est fascinant de constater sur le moral l'importance d'un coup de pouce du soleil. Anna-Maria, une amie paraguayenne égarée dans nos contrées, aime bien taquiner les autochtones dans mon genre, elle qui vient d'un pays avec trois cents jours d'ensoleillement par année et qui se moque gentiment de notre propension à commenter en permanence le moindre écart de température. Le plus étrange, c'est qu'elle ait pu s'habituer à la carence de soleil mieux que je ne le fais. Elle a même pris goût à l'hiver, une fois à peu près domptées les tortures de cette saison, prise en étau par les pluies froides et mélancoliques de l'automne et par les flaques boueuses et les dépotoirs révélés durant les fontes du printemps. Le moins qu'on puisse dire, c'est qu'elle possède un moral à toute épreuve. Un tel achèvement force l'admiration, quand je pense que je peine à sortir de chez moi lorsque le mercure tombe dans le rouge.

Bref, tout ça pour dire que ce temps exceptionnellement clément favorisait la bonne marche des affaires de monsieur Gaspard. Il y avait même de l'inusité. Quelques voisins pétris d'initiative avaient installé des tables de jardin et des chaises de bistro autour de la cantine, ce qui permettait aux clients de manger plus confortablement et de prolonger une agréable pause au soleil. Un parasol fournissait de l'ombre aux peaux sensibles. Les clients – dont certains habitués qui commençaient à tisser des liens entre eux – s'échangeaient un peu de crème solaire et engageaient spontanément la conversation, encouragés qu'ils étaient par un Gaspard en verve qui aimait mettre son grain de sel, et pas seulement dans sa recette!

De ma fenêtre, je partais quelquefois dans de longues contemplations de la scène à écouter les discussions et les rires. Je me rappelais à l'ordre seulement quand la culpabilité d'arriver en retard au bureau et le désagrément d'affronter mon superviseur, qui me pointe chaque fois sa montre d'un doigt menaçant, finissaient par prendre le dessus sur mon suave plaisir à épier les faits et gestes. Il m'arrivait de faire quelques clichés, surtout en fin de journée quand la lumière crue du soleil dessinait des ombres et des contrastes tout en rehaussant les détails. J'alimentais avec bonheur ma collection de photos sur les petites scènes de rue.

Chaque jour, j'avais l'impression que la zone d'influence de la cantine s'agrandissait. À ma grande surprise, personne ne semblait protester contre l'envahissement du trottoir par la file de clients – attendant patiemment jusque devant le restaurant *Melchorita*, de plus en plus déserté au profit de monsieur Gaspard –, de flâneurs qui cassaient la croûte avant de battre les cartes ou d'avancer le pion, de curieux qui se laissaient gagner par l'atmosphère inhabituelle, attirés comme par un spectacle de rue gratuitement offert. Le quartier avait adopté la cantine comme une part essentielle de lui-même. On assistait à un phénomène unique d'appropriation d'un espace public qui devenait ainsi un prolongement de l'habitat, une pièce commune où il fait bon s'installer et passer un moment agréable. Un voisin avait même agrémenté l'endroit de plantes vertes!

Je me pinçais pour y croire, car j'appréhendais le jour où une brigade de cols bleus acariâtres viendrait fondre sur la place pour la vider et balancer dans leurs camions bariolés d'autocollants syndicaux le moindre vestige de ce petit univers. Je n'avais vu encore aucun inspecteur harceler monsieur Gaspard pour ses certificats de conformité, aucun contrôleur de la salubrité publique venir enquêter sur lui et prélever des échantillons, aucun huissier lui remettre une mise en demeure de la part de casse-pieds excédés par le remue-ménage et par le préjudice sonore causé à leur petite existence étriquée. Non, rien de tout ça.

Il faut dire qu'il y avait peu de matière à plainte. À la tombée du jour, quand la place se vidait et que monsieur Gaspard réintégrait son quartier général, tout était parfaitement propre et rangé. Seule la poubelle témoignait d'une activité commerciale soutenue durant le jour. Son contenu provenait des compléments que les clients apportaient eux-mêmes pour accompagner leur repas, puisque monsieur Gaspard ne fournissait ni boissons ni serviettes de table. Comme le ramassage des poubelles n'avait lieu qu'une fois par semaine, restrictions budgétaires obligent, les déchets qui débordaient étaient ramassés obligeamment par le petit Thomas-Éric et déposés dans des boîtes de carton – surtout pas des sacs de plastique! – en attendant le passage des éboueurs. Et le lendemain, un peu avant l'heure du midi et les appels de l'estomac, l'activité reprenait sous la gouverne du capitaine Gaspard, toujours aussi débonnaire et franchement enchanté par la tournure des événements.

Un matin, pourtant, j'ai cru que mes appréhensions se matérialisaient. Deux policiers venaient d'accoster la cantine et s'entretenaient avec monsieur Gaspard. Inquiet, je me suis approché. En apparence, tout était sous contrôle, puisque les policiers eux-mêmes tenaient une assiette et avalaient leur platée comme si leur survie en dépendait.

— C'est bon, votre machin! C'est quoi?

— Secret maison! Même sous la torture, je ne dirai rien!

— Alors, on vous arrête pour refus d'obtempérer!

J'ai cessé de respirer. Je ne pouvais pas le croire. Il y avait abus de pouvoir, zèle inopportun, attitude injustifiée, interprétation outrancière du Code civil! Je m'apprêtais à intervenir, courir à la défense de monsieur Gaspard, plaider sa cause, même au risque de déguster un coup de matraque sur le front. Mais j'étais une fois de plus impulsivement naïf. Monsieur Gaspard se tenait les côtes de rire. Les policiers s'étaient seulement amusés à lui faire une mauvaise blague, à laquelle, d'ailleurs, je semblais avoir été le seul à mordre.

— « Refus d'obtempérer! » Elle est bien bonne! Je ne l'avais jamais entendue, celle-là! On a le moral farceur, ce midi!

Les policiers, un couple en uniforme, se sont regardés sans dire un mot, comme si une gêne venait de s'installer. La femme policière a pris la parole.

— En fait, pas vraiment. On est plutôt d'humeur déprimée.

— Ah bon? Racontez-moi ça. Tiens, d'ailleurs, il est où, votre collègue? Vous le remplacez?

— C'est justement là le problème. Je suis assignée à la place de Jean-Pierre, qui a été suspendu. Il sera prochainement traduit en justice, radié de la police et sans doute même emprisonné.

La mine de monsieur Gaspard s'est assombrie. Il regardait les agents d'un air songeur, les invitant à la confidence. Le policier a pris le relais.

— Ça s'est produit il y a deux semaines…

Les deux agents étaient en voiture pour leur ronde de surveillance habituelle. À un moment, la radio a lancé un appel d'alerte à toutes les voitures. Un fugitif que la police tentait de coincer depuis des mois avait été aperçu à un coin de rue de leur position. Il était sur le point d'échapper aux voitures de patrouille qui l'avaient pris en chasse. Leur sang s'est mis à bouillir. Ce salaud avait probablement à son actif une dizaine de meurtres, sans compter tous les morts à cause de la drogue frelatée qu'il refilait à ses camés. Une nuisance sordide, que tout flic de métier digne de ce nom rêvait de coffrer et de mettre hors d'état de nuire.

C'était sans compter le barrage d'avocats, de juges, de trous dans la loi, et même de délateurs ou de taupes qui permettent à la racaille de s'en sortir. Cela faisait trois fois qu'on tentait de faire condamner ce trafiquant. Chaque fois, la preuve n'était pas assez solide, il y avait vice de procédure, l'arrestation ne s'était pas faite dans les normes. Sa libération sous caution, la dernière fois, n'avait été qu'une foutaise. Le juge, sans doute de mèche avec lui, n'avait exigé que dix mille dollars de dépôt, ce qui fait qu'aussitôt sorti du palais de justice, l'escroc s'était évanoui dans la nature. Qu'est-ce qu'une poignée de dollars pour un individu comme lui qui devait en extorquer quelques dizaines de milliers par semaine?

Depuis ce temps, on le recherchait activement, mais chaque fois qu'une opération était mise sur pied pour le coincer, grâce à des indications d'agents doubles, la police se butait à des appartements vides, à des rendez-vous avortés, à des passages prévus qui ne se produisaient pas. La seule conclusion, c'est qu'une taupe l'informait en sous-main.

— Il faut un moral d'acier pour faire ce métier et conserver un peu de conscience professionnelle sans céder à la désillusion la plus amère.

Mais là, ils le tenaient. Ce con avait eu l'impudence de les narguer en sortant de sa planque et en venant vaquer à ses affaires comme s'il n'avait jamais existé dans les dossiers de la police. Des collègues l'avaient repéré à la sortie d'un tripot dont il était propriétaire et qui était tenu sous surveillance constante. Il avait réussi à prendre la fuite, malgré trois voitures de patrouille qui convergeaient vers lui. Il ne lui restait qu'une voie d'échappement, mais, s'il y parvenait avant ses poursuivants, il disparaîtrait Dieu sait pour combien de temps.

— Cette voie, c'était à nous de la bloquer. Par contre, la seule manière d'arriver à temps était d'emprunter un sens interdit pour lui couper la route avant qu'il parvienne au carrefour.

Grave cas de conscience. Les agents de police sont quotidiennement ensevelis de directives sur la marche à suivre dans telle ou telle circonstance. Il y en a tant qu'elles arrivent à se contredire! Le principal résultat est de démobiliser les policiers chaque jour un peu plus. On leur demande de faire respecter la loi sans leur donner les outils pour le faire. Ils passent davantage de temps devant l'ordinateur à rédiger des rapports et à se justifier qu'à effectuer du travail sur le terrain. Quand une arrestation s'impose, il leur faut pratiquement passer en revue leur guide de procédures pour être certains de ne pas commettre l'impair qui les mènerait à une suspension exemplaire et sans solde. Après, on les accuse d'incompétence. Le nombre d'insultes qu'ils se font crier chaque jour fait l'objet de paris entre eux. Inutile de songer à arrêter un de ces petits comiques qui s'excitent à les traiter de chiens galeux et de sales flics. Il plaiderait la liberté d'expression, les accuserait de brutalité policière, prétendrait qu'on ne lui a pas rappelé ses droits, affirmerait qu'on lui a trop serré les menottes, et il serait relâché le jour même, avec à l'appui une réprimande de la part du juge envers les policiers en cause et une probable comparution devant le conseil de discipline.

— Jean-Pierre a oublié toutes les consignes de prudence. De toute manière, si notre bandit s'échappait, nous étions désignés d'office pour la guillotine. Qu'on agisse bien ou mal, le résultat est toujours le même : ce n'est jamais ce qu'il aurait fallu faire. Chaque fois qu'il faut prendre une décision, on craint de faire tomber toutes les menaces au-dessus de nos têtes et de se noyer dans une mer de formulaires et de convocations. Alors, tant qu'à faire, Jean-Pierre a risqué le coup, espérant atténuer la faute par la capture du criminel le plus recherché. J'ai cessé de respirer. C'était lui au volant, et je comprenais parfaitement ce qui lui passait par la tête: l'exaspération, la frustration, la rancœur. Il a laissé tomber toute retenue pour la pure satisfaction de mettre le grappin sur un meurtrier notoire et faire enfin ce pour quoi il est payé. Quand je revois la scène qui a suivi, je sais qu'en comparaison mes pires cauchemars n'étaient que des rêves pour jeunes adolescentes. Jean-Pierre a viré sur deux roues dans la rue en sens interdit. Tout allait bien, aucune voiture à l'horizon. Nous n'en avions que pour quelques secondes avant de déboucher à l'autre extrémité. Comme la rue était étroite, il fallait faire vite, car si une voiture s'engageait, on aurait dû rebrousser chemin et abandonner la poursuite.

Jean-Pierre a appuyé sur l'accélérateur. Dans l'empressement, et pour ménager l'effet de surprise, ni lui ni son collègue n'ont pensé à actionner la sirène. S'ils l'avaient fait, peut-être que le petit garçon, qui a surgi en courant d'entre deux véhicules garés, les aurait entendus et n'aurait pas été percuté de plein fouet par la voiture lancée à toute vitesse.

— Vous ne pouvez pas comprendre l'horreur du martèlement sourd que produit le choc d'un corps sur le capot et son apparition soudaine dans le pare-brise, déjà couvert de sang. Le pauvre enfant a ensuite basculé de côté tandis que Jean-Pierre freinait dans un hurlement de pneus que j'entends, depuis, chaque nuit. J'étais commotionné, mais ce n'était rien en comparaison de Jean-Pierre qui serrait le volant tellement fort qu'il avait les jointures blanches. Il tremblait de tous ses membres. Son visage était livide et il émettait un petit geignement aigu à percer le tympan. Je ne sais plus trop ensuite ce qui s'est passé…

Tout était confus. Des cris, des ombres qui passaient en courant l'ont arraché de sa torpeur. Sachant d'avance qu'il n'y avait plus rien à tenter, il est sorti pour porter secours au garçon.

— Jamais je n'oublierai ses membres disloqués, sa poitrine défoncée, la mare de sang autour de lui.

L'ambulance est arrivée, d'autres policiers les engueulaient devant tous les témoins. Penché comme s'il allait vomir, Jean-Pierre respirait à peine.

— J'ai répondu mécaniquement, d'une voix éteinte, à quelques questions. Les foutus journalistes s'en sont donné à cœur joie. Ils venaient de mettre la main sur de la matière à faire de belles manchettes. Retrouver sa photo à la une des journaux et être présenté comme un monstre procure des sensations que je ne souhaite à personne. Mais c'est surtout Jean-Pierre qui y goûtait.

Il fallait lire les éditoriaux vengeurs qui le désignaient comme le pire des inconscients, allant jusqu'à jeter le blâme sur les corps de police au complet, ramassis d'incompétence et de stupidité.

— J'ai écopé de trois jours de suspension sans solde. Je suis revenu au travail avec un boulet aux pieds, incapable de me concentrer.

Heureusement, on lui avait assigné Clotilde en remplacement de Jean-Pierre. Elle le comprenait, et avec elle il retrouvait peu à peu ses repères.

— On se contente d'avertir les soûlons dans les parcs, de poser des contraventions sur les pare-brise de voitures stationnées devant les bornes-fontaines, de prendre les dépositions des victimes de cambriolage commis par des drogués en manque d'argent frais. La vie continue, quoi.

Quant à Jean-Pierre, il était assigné à résidence en attendant le conseil de discipline et sa comparution en cour. Les parents du petit avaient ameuté tous les médias. Pour un peu, on aurait pris d'assaut le domicile de Jean-Pierre et on l'aurait lynché au premier lampadaire venu.

— Ils lui intentent un procès pour dix millions de dollars, rien de moins. La vengeance les aveugle. Comment leur en vouloir? Quand je lui ai rendu visite la semaine dernière, le pauvre Jean-Pierre était alité, complètement abruti de tranquillisants.

Sa femme s'occupait de lui, dans une sorte d'état second, consciente de la catastrophe dans laquelle cette tragédie entraînait leur couple et leur existence. Consciente également du traumatisme des parents qui n'allaient probablement jamais s'en remettre.

— Depuis, en bénissant ma chance de n'avoir pas été au volant, je me demande sans cesse ce que j'aurais bien pu tenter pour éviter ce désastre.

Sur un silence dense et long comme un point d'orgue, Clotilde a rappelé son collègue au devoir.

— Bon, c'est pas tout de broyer du noir. Il faut retourner au boulot. Merci, monsieur. On se revoit demain.

— Je le souhaite. Allez, bien le bonjour! La vie n'est pas toujours aussi moche.

Les deux policiers ont réintégré leur véhicule, tandis que l'activité, un temps suspendue par ce récit, reprenait son cours régulier. Je me suis soudain souvenu des manchettes quand cet atroce accident s'était produit. Au ton unanime des médias, on ne pouvait faire autrement que de développer des bouffées de haine envers les policiers. L'occasion rêvée pour déverser son fiel, s'époumoner sur les misères et les accrocs de notre système, se défouler des dysfonctionnements irritants qui font sortir des gonds. Pourtant, avant ce midi, je n'avais jamais entendu la véritable version des faits, ce qui avait pu entraîner la collision. Aucun journaliste n'avait pris soin de relater les circonstances exactes. À quoi bon? Dès que l'esquisse d'une mise en perspective ou d'analyse des faits apparaît dans un texte, le lecteur s'enfuit à l'article suivant. Il ne veut surtout pas se défaire de son indignation bon marché ou du confort mental que procurent les beaux coups de gueule et les slogans bien formulés. Ne pas penser ou ne pas réfléchir devient une attitude de plus en plus prisée. Les réponses toutes faites, sans nuances, alimentent l'arsenal des conversations faciles et des opinions commodes. Petite promenade mentale pour plaisanciers imbus d'eux-mêmes et satisfaits de leur confort acheté à rabais.

Ce n'est pas tous les jours que les médias peuvent se mettre du croustillant sous la dent. Quand l'actualité tombe dans une panne de nouvelles dignes d'intérêt, on se rabat sur des reportages bidon: les difficultés d'un agriculteur aux prises avec une vache malade, un essieu cassé par un trou de la chaussée, une bagarre entre un itinérant et un livreur à bicyclette trop pressé. Je me suis souvent questionné sur l'impact de cette survalorisation à bon compte de nouvelles qui, de manière objective, ne possèdent strictement aucun intérêt pour le bien commun. Le sens des proportions se perd. Un arbre abattu par le vent devient un drame, alors qu'on oublie déjà les ravages d'un ouragan survenu quelque part dans le monde. Trois mornes journées de faible pluie prennent les allures d'un déluge effroyable sous la plume de journalistes désespérés de trouver le moyen de remplir leur quota de lignes, constamment aiguillonnés qu'ils sont par les banderilles des rédacteurs en chef devant coûte que coûte allécher les publicitaires et satisfaire les actionnaires. Les authentiques nouvelles se diluent, perdent l'impact qu'elles méritent, sèment l'incompréhension quand un génocide se produit au Rwanda – qu'à peu près personne ne sait situer sur une carte – ou l'indifférence révoltante dès qu'un extrémiste déclenche sa ceinture d'explosifs dans un marché public et cause la mort de dizaines d'innocents.

Moi-même, j'ai beaucoup de peine à ne pas succomber aux frayeurs bon marché colportées par les médias et martelées comme des mantras. J'en suis rendu, par exemple, à verrouiller soigneusement mes portes pour éviter un braquage de domicile par un intrus armé jusqu'aux dents. À lire les journaux, on croirait que des hordes de Wisigoths ont été parachutées sur la ville et qu'elles se livrent aux pires exactions. Lorsque je me rends au travail, je m'accroche à mon porte-documents comme à une bouée de sauvetage, au cas où un cinglé aurait l'idée de me l'arracher et de s'enfuir avec. Pathétique…

Pourtant, je combats cette inoculation insidieuse de la paranoïa du mieux que je peux. Je refuse de tenir pour acquis ce qu'on tente de nous faire gober. Mais quand j'essaie d'exprimer mes doutes par rapport aux idées reçues, si sournoisement entretenues par les agences de nouvelles, je me bute aux jugements catégoriques, au catalogage facile, au verdict préétabli de la culpabilité. Je suis un coupable pointé du doigt pour subversion, bien évidemment avant même d'être parvenu à la fin de mon raisonnement. On me traite de tous les noms si j'ai le malheur de ramer à contre-courant des pensées à la mode ou des réflexes en vogue. On condamne à coups de jugements de valeur toute tentative de questionnement ou de recul, par crainte de déranger les canevas mentaux et pour conjurer l'insécurité que provoque le doute.

Ils font bien leur travail, les médias. Ils sont parvenus à déprécier la notion de sens critique, à ridiculiser toute réflexion le moindrement approfondie, à dévaloriser la plus timide réprobation du conformisme ambiant, à rejeter tout sens de la nuance. Ils ont fait triompher l'idée que le monde est beaucoup trop complexe pour nos moyens et qu'il vaut bien mieux se rabattre sur les opinions à trois mots, les formules expéditives, les avis péremptoires, sans mentionner à quel point ça sert leurs intérêts. Ils nous encouragent à recourir aux schémas établis quand nous ouvrons la porte aux questionnements. C'est tellement plus simple, paraît-il. La roue tourne sans risque de nous broyer au passage puisque nous demeurons bien sagement alignés dans les sillons déjà tracés. Mais je doute d'y gagner beaucoup au change, avec une vision si émasculée du monde, un monde pastel sans éclat et sans surprise, un monde caricatural ramené à de dérisoires et simplistes dénominateurs communs.

CHAPITRE 6

Clotilde et Hubert, le prénom de l'autre policier, qui nous avait raconté son histoire avec le malheureux Jean-Pierre, tenaient leurs petites habitudes chez Gaspard. Pas un midi sans s'agglutiner à la file pour ramasser leur assiettée de toupyne et sans provoquer chez les autres clients la gêne habituelle qu'un relent de culpabilité non avouée nous fait toujours éprouver en présence de policiers en uniforme. Pas un midi sans qu'ils n'honorent fidèlement leur rendez-vous. C'est comme s'ils avaient décidé de prendre sous leur aile la petite entreprise de monsieur Gaspard. Par leur seule présence, ils tenaient à l'écart d'éventuelles têtes brûlées qui auraient pu envahir le coin et chauffer à blanc quelques esprits, même si monsieur Gaspard n'avait pas son pareil pour calmer les débordements. À deux ou trois reprises, je l'ai vu éconduire un trublion éméché avec un doigté digne d'un diplômé. C'était d'autant plus remarquable que je n'ai encore à ce jour jamais vu de clients insatisfaits ou de mauvaise humeur en présence de monsieur Gaspard. Telle était la vertu première de ce petit univers paisible où les geignements grognons n'avaient pas lieu d'être et où chacun semblait venir s'accorder un salutaire répit pour le moral.

L'atmosphère du lieu ne faisait que souligner a contrario l'inutilité d'un recours aux policiers. Clotilde et Hubert n'en aimaient pas moins se fondre comme de simples badauds dans la clientèle qui s'attardait aux tables installées sur un périmètre de plus en plus large. Thomas-Éric, le petit Tom, semblait subjugué par leur uniforme et, bien entendu, par la trousse de premiers soins accrochée à leur ceinture : revolver, matraque, menottes, radio, et autres étuis à fonction indéterminée. Il venait immanquablement s'asseoir avec eux, dès qu'il les voyait se préparer à savourer leur gueuleton. Si Clotilde lui faisait toujours bon accueil, on devinait que la présence du petit faisait revivre à Hubert les affres de la tragédie dont il avait été témoin aux premières loges. Peu à peu, cependant, il s'habituait à sa candeur. On le sentait se détendre. Ses sourires étaient moins contraints, moins crispés. Le brouillard de l'oubli commençait à tamiser le cruel cauchemar qu'il avait vécu.

Monsieur Gaspard et moi l'observions de côté, heureux de la transformation bienfaisante que la bonne humeur de Tom engendrait chez Hubert.

— Je doute qu'il puisse un jour oublier l'accident, mais au moins il reprend des couleurs. Qu'en pensez-vous, Gaspard?

Il a pris une pause avant de répondre, comme s'il sondait les méandres de ses souvenirs.

— De tels écueils ne se contournent pas facilement, j'ai bien peur.

Gaspard y voyait un de ces avatars imprévisibles qui peuvent à tout moment vous priver d'un bras ou vous retirer un être cher. En revanche, ils obligent à se remettre en question et à réajuster le tir, souvent pour le mieux. Encore faut-il éviter qu'un événement malheureux, en raison de toutes les souffrances qu'il engendre, dresse une tenture dans le déroulement de notre existence et nous enlève le bénéfice de respirer. Et pourtant, frôler la mort, par exemple, contribue à mettre en perspective notre lot de contrariétés. Rien de tel pour déloger les parasites de la conscience. L'éclairage change, on bénit notre chance d'éprouver encore du bonheur ou de l'émerveillement, au lieu de se plaindre d'un lacet détaché ou d'une tache sur le pantalon. La vie acquiert une plus-value soudaine et, pour rien au monde, on ne voudrait que ça cesse. On devient capable de faire la part des choses entre les banalités à balayer du revers de la main et les événements qui comptent vraiment, ceux qui méritent d'être traités avec attention.

— Oui, quelquefois revenir de loin est peut-être la meilleure chose qui puisse nous arriver. J'en sais quelque chose…

Mais avant que je puisse l'inciter à la confidence, lui qui m'ouvrait son livre pour la première fois et me laissait entrevoir qu'il n'avait pas toujours affiché la bonhomie de maintenant, monsieur Gaspard avait déjà retrouvé son aplomb et son entregent. Il s'informait de la santé de chaque client, prenait des nouvelles du petit dernier, demandait où en était l'avancement d'une promotion, encourageait les projets, consolait des échecs, souhaitait la bienvenue aux nouveaux visages.

Les clients affluaient. Le bouche à oreille accomplissait des merveilles, si bien que Tom n'avait même plus besoin de distribuer ses feuillets promotionnels. Il se tenait plutôt aux côtés de monsieur Gaspard en s'occupant de la caisse, haute responsabilité dont il s'acquittait avec tout le sérieux requis et un bonheur inexprimable.

L'accueil de Gaspard et sa mémoire des visages contribuaient pour beaucoup à la notoriété de la cantine. Il avait le don d'inculquer à chaque client le sentiment d'être unique et sincèrement apprécié. Son attitude chaleureuse contrastait avec celle observée dans la plupart des commerces où les employés manifestent plus clairement leur intérêt pour le nombre d'heures de travail à subir que pour les besoins de l'acheteur. L'attention spontanée que Gaspard accordait à chacun ne pouvait pas être motivée par un intérêt financier, lui qui ne pratiquait qu'un tarif quasi symbolique pour son plat. L'impression si irrésistible d'être reconnu comme une vieille connaissance qu'il fait toujours bon revoir en était d'autant renforcée. Personne ne doutait de sa bonne foi.

Il était d'ailleurs intrigant de constater à quel point le temps que monsieur Gaspard passait derrière sa cantine – et en position debout, faut-il le préciser – n'influençait jamais sa bonne humeur. Comme si la fatigue ou la lassitude n'avait aucune prise sur lui. J'étais admiratif d'une telle endurance. D'autant plus que ses journées allongeaient au diapason de sa popularité. À peine quelques semaines après son inauguration, la cantine était déjà impatiemment attendue à son arrivée le matin. Et comme les consommateurs toujours plus nombreux ne lui laissaient aucun répit, il repartait souvent lorsque la soirée était bien avancée, même les jours de mauvais temps. Ou encore lorsque les provisions étaient épuisées, ce qui arrachait des soupirs de déception chez les clients qui devaient s'en retourner l'assiette vide et leurs trois dollars à la main.

Monsieur Gaspard tenait boutique six jours par semaine. Il ne s'octroyait que le dimanche de congé, comme tout bon paroissien. Si bien qu'à son retour chez lui, après un repos bien mérité, il devait consacrer sa soirée à préparer les provisions du lendemain. Comment pouvait-il faire preuve de tant d'énergie? Quand j'abordais la question avec lui, il haussait les épaules, comme si un tel emploi du temps était parfaitement naturel.

Et parlant de naturel, que dire de ses besoins naturels, dans tout ça? Mystère… Jamais il ne quittait son poste, mais il faut dire que je ne le surveillais pas en permanence. Il avait certainement trouvé un moyen de s'esquiver quand les appels de la vessie devenaient trop insistants. J'avais la nette impression que l'embauche de Tom répondait également à cet impératif. Je suis persuadé qu'il n'hésitait pas à confier les rênes de son étalage au petit, le temps de se rincer la tuyauterie durant quelques minutes.

Je prenais toujours des photos. En les comparant avec celles du début, il était facile de constater l'expansion qui s'était produite sur ce bout de trottoir, que rien ne prédestinait à sortir de l'anonymat urbain avant l'arrivée de monsieur Gaspard. L'initiative des gens du quartier – et même de résidants plus éloignés, attirés par la convivialité du lieu – ne cessait pas d'étonner. De nouvelles tables apparaissaient chaque semaine et avaient même commencé à envahir la rue. Des bancs pour plus de confort, des plantes pour enjoliver, des parasols pour l'ombre, une fontaine d'eau pour les assoiffés, des serviettes de table pour s'essuyer, des haut-parleurs qui diffusaient une musique entraînante apparaissaient comme par magie, prenaient natu-rellement leur place dans cette atmosphère de fête champêtre. Clotilde et Hubert laissaient courir, tant que le bon ordre continuait de régner et que les sourires ne quittaient pas les visages. Ils se consi-déraient comme des clients parmi d'autres.

Une machine à café avait été installée. Chacun se servait à sa guise et laissait une contribution finan-cière pour le renouvellement du stock. Certains apportaient leur bouteille de vin et le dégustaient dans de belles coupes pour accompagner leur assiette de toupyne. La bière était tolérée, pourvu que les bouteilles soient ramassées et qu'aucune manifestation d'ébriété ne dresse son aileron.

J'étais vraiment éberlué et je ne devais pas être le seul. Dans cette ville où la consomma-tion publique d'alcool se camoufle dans des sacs de papier au risque de faire l'objet d'une descente policière, où les débordements causés par l'abus ramènent aux instincts primaires, où plane encore sur les consciences, gangrenées par le clergé, la culpabilité mal assumée d'un verre pris entre amis, cette apparition subite d'attitudes responsables, comme pour narguer les autorités gardiennes des bonnes mœurs, tranchait avec les conséquences habituelles. Pour une fois, l'évolution sociale semblait devancer ou même contredire le cadre législatif rigoureux, celui qui enrégimente les mentalités et les comportements, celui qui se doit de définir un cadre menaçant pour inciter les exaltés à la modération.

Chez Gaspard, au diable les carcans d'esprit : les clients se livraient avec civilité à un agréable moment arrosé, sans aucun dérapage, sans aucune répercussion désastreuse. De temps à autre, quelqu'un venait offrir un petit verre à monsieur Gaspard qui acceptait volontiers, le gosier desséché par la chaleur et son inaltérable bagou. Il en profitait pour trinquer et pour offrir ses meilleurs vœux. Tous les prétextes servaient. Certains jours, la générosité des clients répondait trop bien à celle de Gaspard. Le soir venu, quand le moment de se retirer arrivait enfin, il me semblait que la cantine suivait un cours sinueux avant de disparaître au détour de la rue vers le repaire de Gaspard – j'ignorais encore où à ce moment.

CHAPITRE 7

— Ils pavoisent, nos chers flics. Ils peuvent bien jouer à la victime des bureaucrates et des médias, moi, j'ai une autre perception.

Tiens, un grincheux. Alors que je commençais à croire qu'un champ magnétique quelconque les éloignait comme par enchantement de monsieur Gaspard. Et tout de suite les préjugés de ma part : il s'agissait d'un jeune roquet dans la vingtaine, vêtu d'espadrilles usées et délavées, d'un jean troué d'une couleur hasardeuse, tenu par une ceinture large comme celle d'un champion poids lourd, d'une veste à carreaux passée de mode depuis au moins l'époque victorienne. Il portait un bracelet clouté, une chaîne cloutée, un collier clouté. Son visage était transpercé d'anneaux, de spirales et de pendentifs, au point que, si on lui avait retiré toute sa quincaillerie, on aurait pu raisonnablement craindre de voir sa cervelle s'échapper par les trous de cette passoire. Bon, que voulez-vous? J'ai l'air vieux jeu, comme ça, mais je m'explique mal cette propension à l'automutilation sous les auspices de la mode ou de la provocation. Est-il vraiment nécessaire de s'infliger des séquelles pour répondre à un besoin d'affirmation ou de distinction au sein du troupeau bêlant? J'ai peine à y voir autre chose qu'un caprice de gosses de riches, de désœuvrés en mal de stimulations faciles, au moment où, dans plusieurs pays pauvres, certains mènent une lutte acharnée et méritoire pour libérer les femmes de l'esclavage des attributs de beauté qui impliquent une souffrance physique.

Je dis ça sans autres arrière-pensées. Il paraît même qu'il s'agit d'art corporel. Le besoin de créativité est irrépressible. Chacun fait ce qu'il veut, paraît-il, y compris se défigurer. J'ai même entendu parler d'ablation des lobes d'oreille pour des considérations esthétiques. Je prédis le jour où on s'amputera le petit orteil sous prétexte qu'il est inutile pour la marche et qu'il dérange la courbe harmonieuse du pied...

Monsieur Gaspard semblait indifférent de s'entretenir avec une devanture de ferblantier. J'imagine que, pour lui, la dépravation physique se rangeait dans le registre des futilités pour lesquelles il ne vaut pas la peine de gaspiller sa salive. Là comme ailleurs, le temps et les rouages de la mode finiront par imposer une autre conception, probablement à l'opposé de celle qui sévit actuellement, du genre dépouillement intégral du moindre artifice, avec crâne rasé, sourcils et cils épilés, mamelons sectionnés, poils exterminés par électrolyse et ongles rognés jusqu'au milieu des phalanges. Gaspard s'intéressait davantage à l'opinion de son nouveau client qui venait d'apercevoir les deux policiers attablés avec d'autres clients et qui ne faisait pas secret de son humeur exécrable.

— Alex, même après avoir appris l'histoire de Jean-Pierre, tu déblatères sur les policiers? Tu les accuses de quoi, au juste?

— Allons, mon vieux, je sais reconnaître l'horreur de ce drame, mais il ne doit pas faire oublier les privautés que trop de flics se permettent.

Ce personnage attisait tout de même ma curiosité. La qualité de son langage détonnait avec son apparence physique à tel point qu'il m'était impossible de concilier les deux. J'apprendrais plus tard qu'il enseignait le français aux nouveaux immigrants et j'en concluerais que, décidément, il me faudrait voir plus loin que les apparences…

Pendant que je tentais de solutionner l'énigme qui se trouvait devant nous, Gaspard a répliqué :

— Tu parles de quoi? Des bavures? Des innocents tirés dans le dos à la suite d'une méprise?

— Ouais, par exemple. Ce que je déplore, c'est simplement qu'ils ont la gâchette un peu trop facile. Ma femme et moi avons eu l'occasion de goûter les méthodes de leur bel uniforme. Ça change la perspective.

«Tenez, regardez-moi. Évidemment, je ne réponds pas à l'image du citoyen rangé et produit en série pour meubler les banlieues. Ça dérange les vertueux que j'aie les lèvres percées et des trous aux oreilles de la largeur d'une pastille pour la toux. Pourtant, personne ne dit rien contre les bijoux, les bagues, les boucles d'oreilles, les pendentifs. Je porte des ornements parce que ça me plaît. Je ne partage pas l'opinion qu'ils devraient être uniquement réservés aux femmes, pas plus que le fait de nécessiter un forage de la peau pour les porter soit un argument valable pour s'en priver. Et puis, ça me regarde, c'est tout!

«Diya vient de l'Inde. Elle apprécie ma dérogation aux normes de l'apparence. Ça lui rappelle certaines pratiques rituelles dans son pays d'origine, pratiques auxquelles elle adhérait avant d'immigrer ici. C'est elle qui m'a appris à tolérer des états d'esprit ou des critères de goût différents ou étranges. Par conséquent, je ne juge plus sans savoir. En fait, je ne juge plus du tout, pur gaspillage d'énergie que je préfère consacrer à des activités plus rentables.

«Sauf peut-être en ce qui concerne les flics. J'ai

horreur des manifestations d'autorité, des étalages de pouvoir qu'encourage le port de l'uniforme. J'ai toujours pensé que, pour exercer un métier déguisé, il fallait afficher un travers mental. Les flics m'en donnent la preuve régulièrement.

« Je n'ai pas toujours pensé ainsi. Mon opinion sur la police en a pris un coup le jour où Diya et moi roulions tranquillement dans ma vieille Buick, percée de rouille et fumante comme un train diesel mais si confortable. Je conduisais ma femme dans un coin de Charlevoix qu'elle n'avait pas encore eu l'occasion de visiter. J'avais emprunté une petite route de campagne en direction du parc des Hautes-Gorges. La radio jouait à tue-tête, de vieux airs des Beatles avec du sitar qui plaisaient beaucoup à Diya. J'ai alors été attiré par des reflets dans le rétroviseur : deux voitures de police convergeaient vers nous, les gyrophares en pleine alerte. Je me suis rangé sur le côté pour les laisser passer, sans me douter que j'étais visé.

« La première voiture m'a fait une queue de poisson. J'ai freiné juste à temps. Diya s'est cogné la tête en poussant un petit cri de frayeur. Éberlué, j'ai attendu, les deux mains bien en évidence sur le volant, comme je l'avais appris dans des films américains, au cas où les manières cavalières des policiers de New York auraient fait tache d'huile jusqu'ici. Je tenais à la vie.

« Sage précaution : le flic sur le siège passager a surgi derrière sa portière, les deux mains agrippées à un revolver pointé dans notre direction. Diya est entrée en état de panique. Elle jetait des regards affolés dans toutes les directions, cherchant à comprendre. Elle m'avait parlé des bandes de braqueurs en Inde. Je comprenais ce qu'elle ressentait, même si nous avions affaire à des flics dans un pays soi-disant civilisé. Personne n'est jamais à l'abri d'une erreur stupide. Je lui ai parlé doucement, pour la rassurer. J'étais moi-même mort de trouille. Je redoutais le geste maladroit qui me vaudrait une balle dans le front, tandis que nous recevions l'ordre de sortir de la voiture, les mains sur la tête.

« Je n'étais pas aussitôt debout qu'un flic m'a saisi par-derrière et m'a plaqué durement contre la voiture. Il s'est mis à me fouiller, comme si je cachais un bazooka dans mes poches. Un autre policier tenait Diya qui se débattait comme une désespérée. Un flic s'est approché d'elle et l'a giflée pour la calmer. C'en était trop, et j'ai perdu les pédales.

« — Hé ! Les malades ! Touchez pas à ma femme !

« Les flics usent de méthodes incontestables pour calmer les ardeurs. J'ai reçu un tel coup de genou dans les couilles que j'ai perdu le souffle pendant au moins deux minutes. Pause dont le flic a profité pour me servir un avertissement que j'avais intérêt à respecter.

« — Écoute-moi, face de fakir. Un autre mot et je te fais connaître un usage exclusif de ma matraque, au bénéfice de ton p'tit trou de cul! J'suis clair?

« J'étais humilié et tellement enragé que j'ignore encore comment j'ai fait pour ne pas lui sauter à la gorge. Il faut dire que j'étais encore plié en deux par le coup de genou et j'avais d'autres priorités en tête, dont retrouver le mode d'emploi de la respiration. Puis, je les ai entendus chuchoter. Ils avaient fouillé la voiture sans rien trouver, mais sans que je sache ce qu'ils cherchaient. Notre identité avait été vérifiée, sans résultats là non plus, puisque nous n'avions jamais eu affaire à la police. Ils se sont mis à questionner Diya en la traitant de sale immigrée illégale. Diya leur a montré sa carte de citoyenneté, son passeport qu'elle traîne toujours avec elle par pure précaution. Sa voix d'ordinaire si cristalline n'était plus qu'un filet strident et angoissé.

« — S'il vous plaît, s'il vous plaît! Ne nous faites rien!

« Ma Diya pleurait. J'avais le cerveau trouble, la vue embrouillée. Je sentais des instincts bestiaux prendre possession de moi. Je voulais l'extermination de la race humaine entière. Heureusement, dans un sens, qu'on m'avait passé les menottes, sinon je ne sais pas à quels actes irréversibles j'aurais pu me livrer. Les flics discutaient. J'entendais des bribes comme "C'est pas eux", "On fait quoi?" Puis, un policier a saisi Diya par un bras et l'a entraînée à l'écart dans un petit boisé. Elle n'osait pas se défendre par crainte d'une nouvelle baffe. Je la voyais marcher, le dos voûté, résignée. Je pleurais à mon tour, d'une rage sourde comme je n'en ai jamais ressenti dans ma vie.

«Je ne sais pas combien de temps ils se sont absentés. J'avais la tête retenue contre le capot de la voiture. Le métal était quasi brûlant, et je sentais ma peau griller. Ça devenait insoutenable. Et, enfin, le cauchemar a pris fin.

«— C'est bon. Vous pouvez y aller.

«On m'a retiré les menottes. Et, tandis que je me massais les poignets, les deux voitures sont disparues dans un nuage de fumée. J'ai pris Diya dans mes bras. Elle tremblait comme un épileptique.

«— C'est fini, Diya, c'est fini, je lui disais.

«Elle ne pleurait plus, mais elle était encore secouée, en état de choc. Je la caressais doucement dans le cou, petit geste apaisant qui servait à me détendre autant qu'elle, à faire diminuer ma tension nerveuse sur le point d'éclater. Peu à peu, ma femme a retrouvé son calme. Elle est retournée s'asseoir dans la voiture. Je suis demeuré encore

quelques minutes, dehors, au soleil, pour me ramener à une réalité plus conforme. Je me suis remis au
volant, j'ai conduit comme un automate jusqu'au
premier motel où j'ai pris une chambre. J'ai aidé
Diya à se déshabiller et à prendre une douche. J'ai
remarqué des taches sombres, comme des ecchy-
moses, sur la peau basanée de ses hanches. Je voulais
la questionner, mais je savais qu'il était encore trop
tôt pour le faire. Je suis ressorti acheter de la bière.
De retour à la chambre, Diya était toujours sous le
jet. J'ai calé une bouteille, ce qui m'a aidé à rebâ-
tir mes esprits. Quand Diya est enfin sortie de la
salle de bain, j'avais repris un peu de couleur. J'étais
fermement décidé à déposer une plainte, à poursuivre ces salopards et à leur réclamer des dommages et intérêts jusqu'au moindre sou de leur
régime de retraite dorée. J'attendais un signe de
Diya pour lui faire part de mes intentions, mais elle
m'a pris de court.

« — J'ai faim. Je voudrais aller manger.

« J'étais tellement sidéré par cette réaction inattendue que je n'ai pas prononcé un mot. Je me suis
simplement levé et je l'ai accompagnée jusqu'à un
petit casse-croûte, seul établissement ressemblant à
un restaurant dans ce coin perdu, où comme d'habitude on ne servait que des frites molles et des viandes
suintantes de graisse. L'estomac encore noué par

l'épisode avec les flics, je n'ai quasiment rien touché de mon assiette, tandis que Diya s'en léchait
les babines, avec autant d'innocence qu'un enfant
qu'on récompense d'une glace. Que s'était-il passé?
Je m'inquiétais davantage de la voir d'une humeur
neutre que si elle avait ragé. Pour une fois, mon
intuition m'a bien servi. Je connaissais suffisamment
Diya et ses pudeurs orientales pour comprendre
qu'il fallait surtout ne rien dire. Je devais à tout prix
ronger mon os et attendre qu'elle prenne les devants.
Je me mordais les doigts au sang pour me taire.

«Diya, depuis, m'a signifié son admiration
pour l'option de silence que j'ai adoptée ce jour-là.
Je crois même que mon attitude a consolidé notre
relation, ce qui serait bien la seule consolation de
cette mésaventure. Pour une raison que j'ignore, il a
toujours été hors de question d'évoquer ce sujet, et
Diya est reconnaissante que j'aie respecté son choix.
Une seule fois, j'ai voulu aborder mon intention
de revenir à la charge contre les policiers. J'avais
à peine prononcé quelques mots qu'elle a mis un
doigt autoritaire sur mes lèvres et m'a signifié son
seul ordre depuis qu'on se connaît.

«— Non! Plus jamais!

«Je ne comprenais pas et je ne comprends toujours pas. Je me perds encore en conjectures sur ce
qui a bien pu se passer pour que Diya refuse de

s'ouvrir et de m'appuyer dans un recours contre ces policiers qui nous ont agressés sans raison. Par recoupements, auxquels je me livre encore quand je ne trouve pas le sommeil, j'en ai déduit qu'on nous avait pris pour des suspects, Diya avec sa peau sombre, moi avec mes agrafes aux sourcils, tous les deux roulant à fond de train dans une vieille chiotte à quatre roues sur une route de campagne. Peut-être même que nous correspondions à un signalement quelconque. Toujours est-il que, trop sûrs de leur prise, les flics n'ont pas pris la peine de nous ménager. Lorsqu'il est devenu évident qu'il y avait erreur, le risque de représailles de notre part devenait un scénario dérangeant. Mon état de révolte n'augurait rien de bon pour leur plan de carrière. Alors, j'en déduis qu'ils ont habilement renversé la situation en appuyant sur le point faible : Diya et son insécurité d'immigrante. Je ne saurai jamais ce que le flic qui l'a traînée à l'écart a pu lui dire, mais j'imagine que les menaces ne lui laissaient pas de choix. Dans mes délires, je soupçonne même un viol, quand je repense aux taches sur la peau de Diya. Si ma femme ne veut pas me suivre, elle a ses raisons. Je sais qu'elles sont valables, même si elle refuse de les partager avec moi. Je n'ai pas d'autres choix que de me soumettre, mais ça n'aide pas à adoucir mon aigreur. »

Entre-temps, Clotilde et Hubert avaient quitté les lieux, sans soupçonner les griefs qu'on émettait, à quelques mètres à peine, sur leurs confrères. Il y avait une rare accalmie en ce milieu d'après-midi. Nous n'étions que monsieur Gaspard et moi à écouter Alex. J'étais tenté de chercher des circonstances atténuantes, de justifier le comportement des policiers en parlant de la facilité des malentendus, du stress du métier, de la hantise de laisser échapper des suspects, de la peur du blâme, et quoi encore. Mais je n'ai rien dit. Je me sentais un peu abattu, perplexe devant les débordements subits qui détruisent nos dispositions d'esprit lors d'une belle journée ensoleillée, celles qu'on voudrait garder innocentes, qu'on voudrait préserver des ravages acides de l'amertume. Autant souhaiter vivre dans un bocal. D'ailleurs, Alex semblait avoir choisi de tracer une croix sur ce mauvais souvenir. Si la plaie de l'humiliation était encore vive, il laissait entrevoir qu'il avait relégué ces circonstances aux profits et pertes du cheminement d'une vie. À présent qu'il avait raconté son histoire, il affichait une humeur gaillarde, comme pour mieux chasser les souvenirs entachés, laissant des considérations plus immédiates et plus sereines reprendre le dessus.

— Au fait, mon vieux, savez-vous que le mot « toupine » existe déjà?

— Pas possible! J'étais si sûr de ma trouvaille que je songeais à la faire breveter!

— Ah! il faudra retravailler l'imagination. Une toupine est un petit pot en terre. C'est un verbe, également. D'ailleurs, j'ai assez toupiné pour aujourd'hui. Je dois retourner au boulot. À demain!

— À demain, Alex!

Nous l'avons regardé s'éloigner pendant un instant. On entendait brinquebaler ses ornements métalliques. Monsieur Gaspard avait matière à cogiter. Je croyais qu'il réfléchissait aux policiers et à leurs méthodes de travail éprouvées, mais son champ de réflexion gravitait dans une autre direction.

— Eh bien, la langue française ne cessera jamais de m'étonner.

Je me suis mis à rire. Je suis toujours frappé de constater à quel point les considérations individuelles prennent rapidement le pas sur les sujets plus graves. Je m'attendais à ce qu'il me demande mon avis sur la mésaventure d'Alex, à ce qu'il la commente et en tire des conclusions. Mais non, aussitôt la personne concernée disparue, on revient à ses moutons, réflexe de protection du moral. J'ai fait de même, sachant que l'empathie de monsieur Gaspard n'était pas remise en cause et que nous trouverions bien une occasion d'en reparler.

— Que toupine existe déjà n'est pas trop

dramatique. Personne ne vous reprochera d'utiliser le mot pour désigner votre recette.

— Bof, en fait, je vais recourir à un vieux truc de mise en marché. Je change simplement une lettre et le tour est joué! Désormais, je vais servir de la toupyne, avec un « y »! Pas mal, non?

CHAPITRE 8

La seule fois où j'ai vu monsieur Gaspard installer sa cantine ailleurs que sur l'emplacement qu'il occupait fidèlement depuis trois mois, c'est lors de l'incendie d'un immeuble à logements situé à une encablure de chez moi. Le jour tombait. Un temps doux engourdissait les sens et ne laissait présager aucune anicroche aux heures de veille qui restaient à écouler.

La principale cause du fléau des incendies, en dehors de la vétusté des logements et de l'utilisation du bois dans la construction, provient généralement des systèmes de chauffage mal entretenus, des cheminées non ramonées et des courts-circuits provoqués par du filage usé ou mal gainé. Ces agents du malheur s'activent cependant plus fréquemment durant les saisons froides.

L'été, les incendies demeurent plutôt rares. Ils peuvent pourtant se déclarer à la suite d'un acte criminel ou d'une négligence impardonnable. Pour celui qui allait nous occuper le soir même, l'enquête a démontré qu'un fumeur endormi avec sa cigarette allumée avait déclenché la catastrophe et provoqué la mort de deux personnes, dont le fumeur lui-même. Huit familles pauvres furent également jetées sur le pavé en plus de voir toutes leurs économies et leurs maigres biens partir en fumée.

L'odeur a attiré l'attention en premier. Cette odeur de poussière brûlée, impossible à confondre, que tous redoutent lorsqu'elle parvient aux narines. Autour de la cantine, l'inquiétude a remplacé les sourires. Monsieur Gaspard affichait un air soucieux comme je ne lui en avais encore jamais connu. C'est Thomas-Éric qui a rameuté les troupes. Parti faire une course pour son patron, il accourait en trombe pour confirmer ce que chacun devinait déjà.

— Y a un feu là-bas!

Un moment de flottement suit toujours ce genre de nouvelles. Une malsaine curiosité de voyeur nous entraîne toujours sur les lieux pour jouer les spectateurs honteux. Il importe cependant de laisser le champ libre pour les manœuvres des pompiers. Les attroupements de curieux ne peuvent que nuire, d'où cet instant d'hésitation ambivalente parmi nous. Thomas-Éric ne souffrait pas de ce genre de complexe. Il avait une bonne raison, il faut dire. À peine son annonce faite, il repartait de plus belle en direction de l'incendie.

— V'nez vite! Y a quelqu'un qui crie «Aidez-moi»!

Aussitôt, sans plus tergiverser, tous les clients se sont engouffrés dans le sillage du petit Tom. Ils couraient à toute vitesse pour atteindre le lieu du sinistre, avec cette attirance coupable des naviga-teurs envoûtés par les sirènes du malheur.

Je n'étais pas en reste. Il n'y a rien que je redoute davantage que d'être victime d'un incendie. J'ai une véritable phobie du feu. Je multiplie les pré-cautions névrotiques pour diminuer les risques. Je change les piles de mes trois détecteurs de fumée chaque mois. Il m'arrive de me lever la nuit pour vérifier si j'ai bien éteint les ronds de la cuisinière. Je fais inspecter mon système de chauffage deux fois par année. Heureusement, j'habite seul et je ne possède rien de vraiment précieux, étant peu porté sur l'accumulation d'objets convertis en ramasse-poussière. Mais si j'avais des enfants sous le même toit, je serais le genre à ne jamais vouloir m'endormir par crainte de les voir emportés par les flammes. À chacun ses lubies.

Je me précipitais donc à la suite des autres, guidés par Tom, inquiet par anticipation de ce que j'allais trouver. Une minute plus tard, mes pires appréhensions se matérialisaient sous mes yeux. Un immeuble minable, comme ceux construits en série durant les années 1950 et qui souffrent de l'épreuve du temps jusqu'à en défigurer des rues entières, flambait en laissant déjà échapper une épaisse fumée. Les étages du haut semblaient condamnés à l'écroulement imminent tant les flammes sortaient de la toiture avec une violence effarante. Mais pour l'instant, les cris de la foule répondaient à ceux d'un homme, penché à travers une fenêtre du deuxième étage, à la recherche de son souffle et d'une voie de salut. À voir la fumée qui commençait à s'échapper derrière lui, l'accès aux sorties lui était fatalement interdit. Sa voix désespérée réclamait de l'aide. Ses hurlements de panique paralysaient tous les spectateurs, horrifiés à l'idée de voir le pauvre homme s'enflammer sous leurs yeux d'un instant à l'autre. Personne ne savait quoi faire, sans compter la crainte de commettre un geste qui ne ferait qu'empirer la situation, par exemple, interférer avec le travail des pompiers qui n'allaient sûrement pas tarder à surgir pour tirer d'affaire le pauvre homme. Ce n'était pas le temps de se mettre dans leurs pattes et de risquer une ruineuse poursuite pour entrave aux secours, ce genre de considérations qui pulvérisent les meilleures volontés ou qui servent de prétexte facile pour ne pas s'impliquer. Mais qu'est-ce qu'ils foutaient, au fait, les valeureux pompiers? Ils n'étaient pas en période de renouvellement de convention collective, que je sache, donc aucune excuse pour autant traîner.

— Jetez un matelas par la fenêtre!

La forte voix de monsieur Gaspard nous a tous fait sursauter. Quelqu'un osait prendre une initiative et la direction des opérations. Le type à la fenêtre, lui-même étonné, a mis quelques secondes à comprendre qu'on s'adressait à lui et qu'enfin on tentait de l'aider au lieu de le regarder stupidement comme s'il n'était qu'un saltimbanque. Puis, pressé par un Gaspard survolté, il a retraité à l'intérieur de la pièce, de plus en plus envahie par la fumée. Chacun retenait son souffle, à l'unisson de ce que faisait sûrement la victime pour ne pas périr étouffée.

Enfin, un bout de matelas a surgi dans l'encadrement de la fenêtre avant de basculer et de chuter sur le sol. L'homme est réapparu à la fenêtre, toussant comme un bronchitique chronique. Quelques personnes ont pris le matelas pour le déplacer sous la fenêtre, à peu près là où ils évaluaient l'impact si le type se décidait à sauter deux étages pour échapper à son sort.

— Ça va pas, non? Il va se tuer sur ce simple matelas! Allez, aidez-moi!

Monsieur Gaspard revenait à la charge. Déjà,

il s'emparait d'un coin du matelas pour le soulever. J'avais compris l'idée. Non seulement en étant tenu à un mètre du sol le matelas pourrait amortir la chute avec beaucoup plus d'efficacité, mais il serait possible de le déplacer pour suivre le mouvement du corps si jamais il s'éloignait de la trajectoire estimée. Je me suis précipité en compagnie d'autres individus pour agripper solidement un bout de matelas. Puis, nous nous sommes tous mis à crier, encourageant le type à sauter pour échapper au brasier.

— Vas-y! On va t'attraper!

Plus facile à dire qu'à faire. Je mets quiconque au défi de sauter avec une confiance aveugle sur une cible située dix mètres plus bas, sans craindre la fracture du fémur. Pourtant, l'urgence ne laissait aucun choix. Le pauvre bonhomme, d'environ soixante ans d'après ce que je pouvais jauger, a enjambé la fenêtre et s'est assis sur le rebord. Il avait les yeux complètement dilatés par la peur. Monsieur Gaspard criait de plus belle pour lui ordonner de sauter.

— Allez! T'as pas le temps pour une prière! Saute!

Finalement, c'est ce qu'il a fait. Nous n'avons presque pas eu à nous déplacer pour qu'il atterrisse directement sur le matelas. Sous la force de l'impact, nous avons tous été renversés par terre, mais mission accomplie. Le rescapé, aussi incrédule que

vivant, se remettait lentement sur ses pieds, san-
glotant de soulagement et de reconnaissance. Une
clameur de victoire a accueilli les héros du sauvetage, juste avant que les camions surgissent enfin
et que les pompiers se mettent à nous pousser et à
nous ordonner d'évacuer.

Un cordon de sécurité a été dressé. L'opération
de maîtrise de l'incendie s'est mise en branle. Dans
le brouhaha, l'homme à qui nous venions de sauver
la vie a disparu, ainsi que monsieur Gaspard que
je cherchais à rejoindre pour le féliciter de son initiative. Plus loin, j'ai aperçu des policiers qui assis-
taient des occupants de l'immeuble. On le devinait
facilement à les voir pleurer à chaudes larmes la perte
de leur univers. D'autres semblaient plus gravement
touchés et criaient de désespoir. La rumeur courait
qu'il y avait deux disparus. Tout laissait croire qu'ils
étaient demeurés coincés dans l'immeuble. À ce
stade, par contre, il n'y avait plus rien à faire. Le feu
avait envahi tout le bâtiment. Il ne restait plus qu'à
le circonscrire pour empêcher la propagation aux
immeubles voisins. Demain, ce ne serait plus qu'un
tas de ruines fumantes.

La foule était donc réduite à l'impuissance,
résignée à laisser le plancher aux spécialistes malgré
le besoin de se sentir utile ou de fournir une assistance quelconque. Il y avait pourtant encore place

pour de bonnes idées. Monsieur Gaspard, encore lui, a soudain refait surface. Il exhortait la masse de curieux à lui ouvrir un passage, poussant sa cantine pour l'amener à proximité du véhicule de premiers soins où étaient regroupées les personnes jetées à la rue par l'incendie. Un policier a tenté de s'interposer pour le tenir en dehors du périmètre de sécurité. Monsieur Gaspard lui a fait comprendre avec autorité qu'il venait procurer de la nourriture et un peu de réconfort. Ce n'était pas le moment de faire obstacle à son œuvre humanitaire.

— Au lieu de m'empêcher d'aider ces pauvres gens, vous feriez mieux de vous débrouiller pour leur procurer du café!

Les accents sincères de monsieur Gaspard ne mentaient pas. À la fois surpris et admiratif, le policier s'est rangé pour le laisser passer, avant de tourner le dos pour se mettre en quête de boissons chaudes. Hébétées, les victimes de l'incendie se laissaient mener par monsieur Gaspard qui leur remettait une assiette pleine avec des mots d'encouragement. On comptait bien une vingtaine de personnes, dont quelques-unes avec des blessures mineures qu'un médecin s'empressait de soigner. Ce médecin était lui aussi accouru sur les lieux, conscient que ses compétences pourraient servir. Bientôt, j'ai vu Alex prêter main-forte à monsieur Gaspard pour servir les victimes. Une femme l'accompagnait, sans doute Diya, à son teint basané et à ses longs cheveux noirs tressés derrière la nuque. Elle tenait un petit enfant dans ses bras, présence saugrenue dans les circonstances, mais qui avait le mérite de temporairement détourner les sinistrés de la catastrophe lorsque Diya s'approchait d'eux pour les réconforter.

Puis, Thomas-Éric et sa mère Mélany, toujours avec un «y», se sont joints à eux. Ils apportaient des couvertures, des thermos et des tasses pour servir des boissons chaudes. La nuit était tombée. Un air frais contrastait avec la chaleur que dégageait le brasier. Une voiture de police a fait irruption au coin de la rue. Clotilde et Hubert sont accourus aussitôt, profitant de leur uniforme pour émettre une consigne inspirée.

— Écoutez tous! Ces gens ont tout perdu. Aucun ne possédait une assurance. Nous allons apporter des boîtes et nous vous invitons à venir y déposer un vêtement, une boîte de conserve, des chaussures, n'importe quoi d'utile! Allez!

Il n'en fallait pas plus pour disperser la foule. Bientôt, tandis qu'on finissait d'installer les boîtes, les gens revenaient les bras chargés de denrées et de vêtements qu'ils déversaient directement dans les contenants. D'autres, pleins d'une bonne volonté un peu candide, rapportaient de vieilles lampes, des chaises, des ustensiles, des cafetières, même des vélos, sans songer que ces personnes rescapées de l'incendie ne savaient même pas où elles allaient passer la nuit. Qu'à cela ne tienne. Les policiers accueillaient tout avec des remerciements. Ils s'occuperaient de transférer les dons dans un entrepôt, d'aider à leur répartition entre les sinistrés et de les faire livrer en temps et lieu lorsque la situation serait rétablie.

Ce ballet d'entraide a eu tôt fait de ramener quelques sourires sur les lèvres. Seuls un peu plus loin, une femme et son enfant pleuraient enlacés, consolés tant bien que mal par une préposée aux incendies. J'ai su plus tard que le mari de cette femme n'avait pu s'échapper à temps et qu'il était une des deux victimes que colportait la rumeur, l'autre étant le fumeur responsable du désastre et qui vivait apparemment seul dans son appartement. La fillette qui venait de perdre si tragiquement son père gémissait avec de tels accents de désarroi que j'en avais le cœur déchiqueté et le souffle court. Personne n'osait s'approcher tant il n'y a rien de moins partageable qu'une peine aussi intense.

J'oscillais sur mes deux pieds, me demandant de quelle manière je pouvais prêter assistance. J'observais les bonnes âmes qui s'étaient déjà impliquées et qui continuaient à faire de leur mieux. Thomas-Éric tenait sa mère par la main, le regard perdu et incrédule de ceux qui sont complètement dépassés par les événements. Il ne réalisait pas qu'en s'empressant d'aller chercher du secours, il avait sans doute sauvé la vie de l'homme acculé à sa fenêtre par les flammes. Alex et Diya discutaient avec quelques personnes. J'ai appris qu'ils avaient proposé d'héberger une jeune famille, le temps qu'elle se trouve un nouveau logement. Le médecin, qui s'appelait Andy, continuait de prodiguer des premiers soins, de panser les blessures légères et de s'assurer que personne n'avait été incommodé par la fumée. Clotilde et Jean-Pierre dirigeaient la circulation des donateurs comme s'il s'agissait d'une heure de pointe. Et monsieur Gaspard venait de distribuer ses dernières provisions. Il remballait lentement sa cantine, comme à regret de ne pouvoir en faire davantage, lui qui pourtant en avait déjà fait beaucoup.

Sans m'en douter, les principaux acteurs de la pièce étaient réunis sous mes yeux. J'ignorais encore tout du changement de décor qui allait survenir dans le petit univers du quartier, si joyeusement agrémenté par la simple irruption d'une cantine mobile. Et je me doutais encore moins que j'allais être l'agent très involontaire du dernier acte.

CHAPITRE 9

Mais il restait encore quelques mois de beau temps à venir et d'affaires florissantes pour la cantine roulante de la rue Gounod. Monsieur Gaspard avait repris position comme tous les autres jours. La tragédie de l'incendie s'absorbait déjà dans les souvenirs. Les conséquences occupaient toutefois encore l'avant-scène de l'actualité. Elles constituaient le prétexte parfait pour un déploiement incontrôlé du génie humain.

Une fois le feu éteint, la première étape consistait à clôturer l'aire des ruines par mesure de sécurité. Aucune firme n'a accepté de s'en charger avant le paiement intégral de la facture de livraison et d'installation d'une palissade. Le propriétaire – conduit au bord de la ruine par cet incendie, privé des revenus de location, harcelé par le prêteur hypothécaire qui exigeait le versement mensuel sans tenir compte des circonstances – attendait le règlement de la compagnie d'assurances pour procéder aux travaux ordonnés par le service des incendies de la ville et par la réglementation municipale, aussi rigoureuse que les enseignements du Coran. L'assureur lui-même suspendait le dossier en attendant les conclusions de l'enquête qui le libéreraient de ses obligations advenant un incendie criminel. Lorsque les causes ont été connues, la compagnie a rétorqué au propriétaire qu'elle devait intenter une poursuite à la famille du fumeur responsable pour se faire indemniser, à la suite de quoi elle verserait le complément des sommes requises pour reconstruire l'immeuble.

Entre-temps, le frère du fumeur décédé a contre-attaqué en déposant une plainte contre le propriétaire; il l'accusait de négligence criminelle ayant entraîné la mort d'individus. La déposition mentionnait l'absence de détecteurs de fumée, l'éloignement des sorties de secours, le manque d'entretien qui avait facilité la propagation fulgurante des flammes. La ville, de son côté, menaçait de prendre en tutelle le lot pour forcer le ramassage des décombres et l'installation d'une clôture autour des ruines. Apprenant le fait, les gardiens de la morale, les gribouilleurs de blogues, les amateurs de lettres ouvertes et les porte-parole des groupes de pression se sont indignés d'une telle initiative, prétextant entre autres que les taxes municipales, déjà les plus rapaces de tout le continent, ne devaient pas servir à payer pour les bavures du système. En revanche, les groupes de mères célibataires et les représentants des centres de petite enfance exhortaient la municipalité à boucler le périmètre pour éviter qu'un enfant ne se blesse si jamais il échappait à la surveillance des adultes et allait jouer les explorateurs dans les débris calcinés. Devant des belligérants fermement ancrés dans leurs opinions opposées, les contremaîtres municipaux responsables du dossier ont décidé d'en référer aux autorités pour des instructions plus précises. Voyant l'impasse, le conseil d'arrondissement a organisé une consultation publique durant laquelle des débats houleux ont failli dégénérer en bagarre générale. Un conseiller municipal a même donné sa démission en guise de protestation, mais personne ne se souvient contre quoi.

Pour calmer les esprits, le propriétaire a pris sur lui de faire installer une clôture sommaire, qu'il a dû retirer la semaine suivante, car elle ne respectait ni les normes d'environnement ni celles d'esthétique. De plus, il a eu la malencontreuse idée de claironner le projet qu'il comptait réaliser pour remplacer l'immeuble détruit, soit un ensemble de logements luxueux en copropriété, avec piscine sur le toit, plafonds élevés et stationnement intérieur.

Apprenant cela, le Front populaire pour les locataires urbains s'est insurgé et a organisé des manifestations véhémentes contre le projet, estimant qu'il entraînerait une augmentation de la valeur mobilière du quartier et par conséquent l'exode des locataires, incapables d'assumer les hausses de loyer. Le Regroupement des forces clairvoyantes rétorquait qu'au contraire seule l'augmentation de la richesse pouvait contrer celle de la pauvreté et accordait donc sa bénédiction au projet. De son côté, le Groupuscule d'action en intervention urbaine prônait l'expropriation du terrain pour le transformer en parc environnemental sur le thème de la protection des phoques.

La lutte des clans faisait rage. Les débats ont fini par s'engluer dans un bourbier de considérations éthiques. Tout argument qui ne se conformait pas aux préceptes fondamentaux de la charte des droits et libertés était vivement conspué. Les étalages de viscères ont continué d'envahir les discussions durant de longs mois, chacun y allant de sa profession de foi exaltée.

Deux ans plus tard, les considérations monétaires ont fini par trancher une partie de l'imbroglio. Les débris ont été enlevés après l'envoi d'une mise en demeure par la nouvelle Association des propriétaires lésés du quartier pour contester la proximité de ruines qui faisait dégringoler la valeur de leurs propriétés. Le maire, menacé de poursuite pour des sommes faramineuses destinées à compenser la baisse de l'évaluation foncière, a mandaté de toute urgence des employés municipaux qui ont accepté la mission à la condition que le travail soit effectué en heures supplémentaires payées trois fois le taux horaire. Le terrain a été remblayé par la même occasion. Il est maintenant envahi par les mauvaises herbes, les papiers dispersés par le vent, les seringues usagées et les crottes de chat. On ne sait toujours pas quand un projet verra le jour sur l'emplacement.

En attendant, l'été battait son plein. Les chaleurs suffocantes de juillet n'avaient aucune emprise ni sur Gaspard ni sur les fidèles qui s'agglutinaient en une longue file disciplinée. En attendant leur tour, certains clients se protégeaient du soleil avec un parapluie. D'autres en profitaient pour lire tranquillement les manchettes de leur journal replié dans une main ou pour répondre aux messages sur leurs téléphones. Les habitués s'échangeaient des commentaires et liaient connaissance. L'atmosphère baignait dans la détente et la bonne humeur. Les abords de la cantine ressemblaient toujours à un bal musette, avec toute l'évocation imagée que ce passe-temps jadis populaire a le mérite de susciter dans les esprits. Les parasols et les ventilateurs que certains voisins avaient installés procuraient une fraîcheur d'oasis particulièrement recherchée en ces jours de canicule.

Monsieur Gaspard avait lui-même bricolé sa cantine pour lutter contre la chaleur. Un petit ventilateur couplé à un réservoir d'eau froide aspergeait son visage d'un léger embrun. Ce petit dispositif le revigorait efficacement et lui permettait donc d'assurer le service, toujours avec son ineffable sourire.

— Bien le bonjour, Andy! Alors, quelle découverte captivante aujourd'hui?

Le médecin que j'avais aperçu le soir de l'incendie était devenu un client régulier de la cantine. Je le connaissais maintenant suffisamment pour m'asseoir avec lui de temps à autre et partager sa pause du midi. Dès que l'hôpital lui laissait un répit, il venait se ravitailler ici pour échapper à la cafétéria et pour déplorer les horreurs qu'on y servait. Souvent, même, il commandait quelques rations supplémentaires à l'intention de patients qu'il gardait à l'œil, rations qu'il transportait dans des bassinets métalliques chipés dans les salles d'opération. Il arborait une barbe plutôt fournie et plutôt rare chez les médecins surtout lorsqu'ils sont chirurgiens. Une pilosité comme seuls en affichent de nos jours les irréductibles syndicalistes ou les adeptes de la mendicité postés, la casquette bien tendue, devant les commerces de vente d'alcool. J'imaginais les poils de barbe abandonnés dans les aortes ou les vésicules, mais, bon, je suppose qu'il savait ce qu'il faisait.

Entre deux bouchées, le praticien taillait une bavette avec Gaspard.

— Saviez-vous que le brossage des dents peut provoquer l'épilepsie?

— Non! Vous me charriez, doc!

— Pas du tout! Les études le prouvent!

— Allons, vous savez comme moi que ces études ne sont que de la poudre aux yeux. Ce prétexte de découvertes bidon ne sert qu'à quémander des fonds publics.

— Je ne dis pas le contraire, mais qui sait où ces affirmations peuvent conduire? Tenez, que pensez-vous de ce chercheur qui a trouvé une méthode de massage rectal infaillible pour éliminer le hoquet tenace?

Un massage rectal pour éliminer le hoquet? Personne ne savait s'il fallait pleurer de dérision, rire d'une bonne blague ou s'extasier devant les merveilles de la science. Chaque fois que Gaspard et Andy se livraient à ce petit jeu, un attroupement se créait autour d'eux. On prêtait une oreille attentive à ces mutations inédites du progrès social et scientifique.

— Mais tout ça n'est rien en comparaison des recherches sur le cancer. Dans les revues médicales que j'épluche lorsque mon téléavertisseur me laisse tranquille, j'ai noté quelques conclusions étonnantes.

— J'écoute, doc, j'écoute.

— Les relations buccogénitales seraient liées à certains cancers de la gorge.

— Non! Vous voulez parler de ces plaisirs charnels qui vont à l'encontre de la morale chrétienne?

— En plein dans le mille! Le pape songe même à émettre une encyclique sur cette découverte majeure!

— Ça sert bien ses intérêts, j'imagine.

— Oh! mais attendez. Les pratiques de la religion juive ne sont pas en reste pour autant. Paraîtrait que la circoncision aide à prévenir le cancer chez les hommes.

— J'en suis bouche bée…

— Moi aussi, mais tout n'est pas parfait en ce monde, comme vous le savez. En contrepartie de cette bonne nouvelle, la même circoncision augmenterait les risques chez les femmes. Allez donc savoir.

— L'inégalité des sexes se loge dans des retranchements inattendus.

— Toujours sur le même thème, saviez-vous que l'aspirine aurait la vertu de diminuer les risques de développement d'un cancer?

— Par contre, elle provoque des dérangements d'estomac?

— On ne peut rien vous cacher!

— Eh bien, dites donc. On n'est à l'abri de rien!

— Ou encore, saviez-vous que le bœuf aux hormones aurait des conséquences sur la fertilité?

— Ah bon?

— Tenez, les poissons : on émet l'hypothèse que les résidus d'œstrogène rejetés dans l'eau par les femmes qui prennent la pilule finiraient par féminiser les poissons et par nuire à leur reproduction!

— Mais, bien sûr, tout cela est au conditionnel.

— On ne peut jamais être sûr de rien…

— À vous écouter, doc, quoi qu'on fasse, il semble qu'il y ait toujours moyen de dégrader une situation et d'empirer son sort. Apparemment, il n'y a rien à faire pour s'en sortir. À croire qu'il s'agit d'une nouvelle forme de condamnation universelle. Pas étonnant que plus personne ne veuille prendre de risques.

Les clients regroupés autour d'eux, stupéfaits par de tels énoncés, mettaient leur grain de sel et y allaient de leurs propres anecdotes :

— Un inventeur a conçu un appareil à ultrasons que seuls les adolescents qui n'ont pas encore l'oreille fissurée par leur iPod peuvent entendre.

— Ça sert à quoi?

— Tu places quelques émetteurs de ce genre dans les places publiques envahies par les revendeurs de drogue et ils déménagent tous ailleurs, incapables de supporter le sifflement strident!

— J'ai entendu dire que des élèves se servaient de ce même principe comme sonnerie pour recevoir des appels sur leur téléphone cellulaire, sans que l'enseignant s'en aperçoive. Très commode pour tricher!

— Moi, j'ai lu que des ornithologues cherchent à découvrir pourquoi les pic-bois n'ont jamais mal à la tête!

— C'est comme ceux qui cherchent à établir l'effet de la musique country sur les suicides.

— Voilà une recherche utile! Ça expliquerait enfin mon humeur dépressive quand j'entends du Willie Nelson!

— Et vous connaissez cette recherche sur l'invention du karaoké, comme nouveau moyen pour les gens d'apprendre la tolérance?

— Oui, c'est vrai, bon moyen d'exercer la patience!

On devrait également se pencher sur l'art de se payer une pinte de bon sang et ses effets sur le bien-être. J'allais faire part de mon idée à Andy quand j'ai remarqué son regard accroché par un sujet d'intérêt situé plus loin. Son front plissé traduisait le questionnement en cours. J'ai tourné la tête et j'ai aperçu Alex et Diya attablés avec leur bébé de huit mois à qui ils servaient de minuscules bouchées de toupyne. Andy s'est approché pour attirer leur attention. Diya, la première, a levé la tête et a sursauté lorsqu'elle a vu le toubib. Alors, chose étonnante, elle s'est lentement levée, a joint les mains comme pour une prière et a fait une courte révérence à Andy qui semblait ému.

— Bonjour, madame.

Alex s'est mis sur pied à son tour et lui a serré la main d'une poigne ferme. Sur son visage luisait une flamme de reconnaissance.

— Comment allez-vous, docteur?

— C'est plutôt à moi de vous poser la question. Je vous ai ratés à votre sortie de l'hôpital. Je me demandais comment vous vous en sortiez.

— Le mieux du monde, comme vous pouvez le constater. Je vous présente David-Mahadeo, notre petit.

— Eh bien! Il est mignon, ce marmot!

Je suis demeuré en retrait de cette intrigante séance de retrouvailles. Je devais partir, de toute manière. Une autre histoire de retard de livraison à régler. Mais je me promettais de questionner Andy, même au risque de paraître grossier en me mêlant de ce qui ne me regardait pas. Un lien particulier semblait s'être créé entre lui et le jeune couple. Ma curiosité d'en connaître l'origine, sans jouer les indiscrets, s'imposait dans mon esprit. Au diable les pudeurs! Monsieur Gaspard m'enseignait chaque jour que percevoir comme une impertinence le fait de s'intéresser aux autres ne constitue qu'une forme précipitée de dérèglement mental.

CHAPITRE 10

L'occasion s'est présentée la semaine suivante. J'avalais religieusement mon assiette de toupyne, dont il semblait impossible de se lasser, tant pour moi que pour la clientèle de plus en plus nombreuse, en feuilletant le désastreux dernier rapport de ventes. Andy est alors venu s'asseoir à mes côtés. Nous nous sommes salués d'une cordiale poignée de main. Nous commencions à nous connaître suffisamment pour entrer dans des détails plus intimes. J'ai entamé la conversation en lui posant des questions sur son accent. En dépit du fait qu'il parlait un français impeccable, sa diction était un peu mollassonne et hésitante, propre aux anglophones qui tentent de pratiquer Molière dans le texte.

— Tu es né ici, Andy?

— Moi? Non, pas du tout. Je viens d'un petit bled de l'Ontario, près de Sudbury.

— Ah oui! Sudbury et son paysage lunaire.

— Tu connais? C'est le résultat de l'exploitation des mines de nickel. Impressionnant, pas vrai? Pratiquement plus aucun arbre ne peut pousser à vingt kilomètres à la ronde, bien qu'il y ait des programmes de reboisement en cours.

— Et comment t'es-tu retrouvé ici?

— Je suis venu pour mes études de médecine. Je parlais déjà français, vu qu'il y a une communauté francophone assez importante à Sudbury. Mais je souhaitais parfaire ma connaissance de la langue. Connaître au moins deux langues multiplie la richesse d'une existence, non?

— À qui le dis-tu. Je suis en train d'apprendre le chinois. Ça tient le cerveau éveillé, je te jure!

— Je n'ai pas de peine à le croire. J'ai toujours admiré le fait que la plupart des francophones maîtrisent l'anglais, si on excepte quelques incurables réfractaires. Même si l'aptitude à parler anglais revêt des allures de nécessité dans cette mer d'anglophones, j'y lis le signe d'une ouverture d'esprit. Je me suis même souvent amusé à soupçonner dans cette capacité bilingue une forme de fierté un peu revancharde sur l'Anglais dominateur. Beaucoup de francophones semblent cultiver un sentiment de supériorité à converser en anglais, surtout quand on sait que plusieurs de mes congénères ne savent même pas dire bonjour dans une autre langue, et à peine d'ailleurs dans la leur! De mon côté, je me devais de maîtriser le français pour exercer mon travail, mais aussi, plus insidieusement, pour inviter mes amis francophones à passer enfin à l'ère postcoloniale et à oublier leurs rancœurs. Je n'y ai pas perdu au change, du reste. J'ai appris entre autres des mots qui servent à traduire les pensées d'une manière différente. Ce n'est pas sans valeur. J'adore pouvoir dire «je déguste», «je savoure», «je me régale» ou «je me délecte» au lieu de simplement «je mange». C'est comme un coffre à outils à ma disposition pour produire l'idée juste et la nuance précise. Si j'avais le temps, je me mettrais même à l'étude d'une troisième langue. J'aimerais bien, par exemple, lire Umberto Eco dans sa langue natale.

Nous étions tout juste à côté de la cantine de monsieur Gaspard, lequel ne perdait pas une miette de notre conversation. C'est lui qui m'a devancé au moment où je m'enhardissais à aiguiller Andy sur la voie de sa rencontre avec le couple Diya-Alex.

— Dites-moi, doc, vous aviez l'air de bien connaître Diya, l'autre jour. Vous l'avez rencontrée comment?

Voilà, c'est aussi simple. Il suffit de demander. Pas de quoi se faire des scrupules ou des vexations bon marché devant une curiosité bien intentionnée au départ. Andy partageait de toute évidence ce principe puisqu'il a répondu sans hésiter et sans se faire prier.

— J'ai eu affaire à eux un soir pas tout à fait comme les autres à l'hôpital, c'est-à-dire encore pire qu'à l'habitude. C'était durant le temps des Fêtes, peu avant Noël.

Le personnel, clairsemé par les rotations mal planifiées des congés et par les collègues qui s'étaient déclarés absents, avait la corde de l'épuisement étirée au point de rupture. Plus personne ne savait où donner de la tête. L'urgence débordait de soûlons, malades d'avoir trop bu. Les vêtements souillés d'urine, de neige sale et même de merde, ils vomissaient dans tous les coins, quand ce n'était pas carrément sur les autres patients, qui l'étaient d'ailleurs de moins en moins! La direction avait eu beau faire appeler les médecins et le personnel infirmier en disponibilité, aucun ne répondait, avec sans doute quelques doigts d'honneur pointés vers le téléavertisseur qui hurlait à l'aide. Personne n'aime quitter une fête contre son gré. Comme si ce n'était pas assez, la grippe avait frappé deux médecins d'une bordée de fièvre qui les tenait alités depuis trois jours. Sans compter le verglas qui nous valait le versement continuel d'éclopés par les ambulances alignées devant l'urgence. Andy en était à sa quinzième heure de travail, sans repos, sans rien avaler d'autre que quelques barres de céréales. Et rien ne permettait d'espérer une embellie dans ce cauchemar.

Pour s'encourager, il se répétait que la situation ne pouvait plus empirer, le pire étant déjà là. Erreur. On doit toujours craindre d'empirer le pire, apparemment. Tandis qu'il plâtrait un tibia fracturé, une infirmière est entrée en trombe dans la salle : « Docteur, allez tout de suite à la salle 9, c'est plus qu'urgent. Je m'occupe de finir ce plâtre. »

— Connaissant Hélène, je savais qu'il n'y avait aucun argument à opposer. Le chirurgien de service était sans doute mobilisé et on se rabattait sur moi pour prendre la relève. Même si je n'avais pas le droit de la laisser terminer le plâtre, considéré comme un acte médical, je lui ai confié mon patient et je me suis rendu en vitesse à la salle 9, sachant que de la part d'Hélène une urgence ne constitue pas une astuce sans fondement pour obtenir du service.

C'est alors qu'Andy a été intercepté par une espèce de zoulou qui lui a bloqué le chemin : « Ma femme va accoucher et il n'y a personne pour s'en occuper, tabarnak ! » Il était livide d'inquiétude, avait les traits tirés, les cheveux gras, le visage criblé de breloques métalliques. Son allure de junkie n'avait rien pour le gagner à sa cause, et sur le coup, Andy n'a pas voulu tenir compte de ses supplications. Il a prétexté revenir aussitôt que possible et se préparait à le laisser en plan pour l'urgence en cours. Mais une autre infirmière, Marie-Claude, lui a placé une main sur la poitrine pour le stopper : « Docteur, la femme est vraiment mal en point. Ça ne peut pas attendre. »

— Je me suis soudain senti très las. Il y a des jours où je déteste ce métier.

Par contre, le côté à la fois exaltant et désespérant de ce travail, c'est le pouvoir et l'obligation de vie entre les mains du médecin. À un moment, les réflexes prennent le relais. Et les principes sautent par-dessus bord. Andy n'a pris qu'une ou deux secondes de réflexion, puis il a dit à Marie-Claude de lui emmener tout de suite la femme dans la salle 9. Il s'est ensuite tourné vers le type qui virait au vert panique, l'a agrippé au collet et lui a parlé à deux pouces du nez : « Écoute-moi bien, bonhomme. Je n'ai pas pris une minute de repos depuis quinze heures. Tout le monde court comme des fous échappés et je n'ai aucune idée de ce que font les autres médecins, mais je me doute qu'ils galopent autant que moi. Alors, voici ce qu'on va faire. Tu m'enlèves ces guenilles et tu enfiles une blouse. Ensuite, tu chausses ces pantoufles de plastique, tu te laves les mains à ce lavabo en les frottant au savon pendant au moins trois minutes, tu te fous ce bonnet sur la tête sans laisser échapper un seul de tes cheveux, tu viens me rejoindre à la salle 9 au bout du couloir et surtout, surtout – tu m'entends? –, tu fais TOUT CE QUE JE DIS DE FAIRE SANS PRONONCER UN SEUL MOT! On se comprend?»

— Je ne lui ai même pas laissé la chance de revenir de sa surprise. Je l'ai lâché et j'ai couru jusqu'à la salle d'opération.

Marie-Claude arrivait avec le lit sur lequel reposait la femme en crise de douleur. Elle émettait des râles d'agonisant. Andy en avait pratiquement la chair de poule et, pourtant, on en voit de toutes les espèces dans sa profession. Sur l'autre lit, paré pour les grandes manœuvres, un blessé grave était déjà sous perfusion. L'infirmière préférée d'Andy, Geneviève, appliquait des compresses pour freiner l'hémorragie. En deux mots, après avoir levé les sourcils au ciel quand elle a compris qu'il allait traiter simultanément deux cas graves, elle l'a mis au courant: «Coup de couteau à l'abdomen, lacération de deux centimètres; profondeur de la plaie: six centimètres, je dirais; gros intestin perforé, perte de sang importante. L'analyse de son groupe sanguin a été faite et on m'apporte du sang pour le transfuser.»

La routine, quoi, selon Andy. Une bagarre de dégénérés au cerveau rasé à blanc. Heureusement,

Andy avait déjà traité ce genre de cas et, malgré sa fatigue, il avait une idée claire de la conduite de l'opération, mais il n'y avait pas une seconde à perdre. Seulement, il n'avait que deux infirmières à sa disposition, sans compter le mari de la femme qui faisait son apparition au même moment.

— Le contraste de le voir affublé d'un uniforme médical trop grand pour lui, avec ce bonnet ridicule sur la tête et ses perçages plein le visage, m'a arraché mon seul sourire de la soirée. Je n'avais cependant pas le temps de plaisanter sur les caprices de la mode. «Aidez votre femme à enfiler cette jaquette, lavez-lui les parties génitales et coupez le plus gros de ses poils avec ces ciseaux.»

Geneviève et Marie-Claude étaient effarées. Andy se sentait pourtant en pleine forme. Il était sur le champ de bataille, et l'avenir de la nation dépendait de la justesse de ses décisions et de sa rapidité d'exécution.

— Pas le temps d'attendre l'anesthésiste. De toute manière, le blessé est sans connaissance. Geneviève, tu lui injectes du Propofol dans son sérum si tu le sens s'agiter. Marie-Claude, apporte-moi la trousse habituelle, enfile des gants et tout le bazar. Tu vas me tenir compagnie.

La pauvre est devenue blême. Elle n'avait jamais assisté à une chirurgie. On pouvait entendre son remue-ménage de réflexions, que ce n'était pas dans son cahier de charges et qu'elle ne serait jamais capable d'affronter une opération et des viscères à ciel ouvert. Il fallait pourtant sa collaboration. Andy avait besoin de Geneviève pour des tâches plus délicates. Il devait utiliser tout ce qu'il avait sous la main, même au risque d'une suspension si l'affaire tournait mal, voire d'une radiation en bonne et due forme. Il a placé une main sur celle de Marie-Claude et, autant pour l'encourager que pour se rassurer lui-même, lui a dit que tout irait bien.

— Pendant que Geneviève prenait une échographie de la femme, comme je le lui avais demandé, j'ai examiné la plaie du patient. Ça n'allait pas être simple. Il faudrait inciser large, pour recoudre en profondeur. Au pire, je sectionnerais le gros intestin autour de la perforation pour pouvoir mieux recoudre. J'ai ordonné à Marie-Claude de tamponner la plaie avec du coagulant pour ralentir la perte de sang. Puis, je me suis retourné pour évaluer la situation de la femme.

Geneviève regardait Andy avec un air qui ne laissait aucun doute sur la gravité de la situation. Le cordon était évidemment enroulé autour du cou du bébé, d'où les problèmes et la souffrance que vivait la femme. Il y avait urgence dans un cas comme dans l'autre. S'il n'agissait pas sur-le-champ, et le bébé et le patient blessé sur le lit d'à côté allaient y passer, et peut-être même la mère. Pas une seconde, pourtant, il n'a senti le poids de cette responsabilité.

— Ce n'est que le lendemain matin en prenant mon premier café que je me suis rendu compte que ma main tremblait. Mon corps avait enregistré la tension que mon esprit refusait de laisser entrer.

Heureusement, d'ailleurs. Sans même prendre la peine de se laver les mains, ou d'enfiler des gants, il a plongé la main droite dans l'utérus, repoussant la tête du bébé qui commençait déjà à pointer. La femme hurlait à pleins poumons. Andy a demandé au type son nom et l'a mis à contribution : « Alex, parle-lui, rassure-la, un beau bébé l'attend. » Tous s'attendaient à le voir tomber dans les pommes, mais il tenait vaillamment le coup. Il avait compris le sérieux de la partie et que ce n'était pas le temps de jouer les âmes sensibles.

— Enfin, la chance m'accordait un peu de crédit. J'ai pu retirer doucement le cordon et replacer la tête dans le conduit utérin. Restait à espérer qu'il n'y aurait pas d'autres complications, malgré l'étroitesse du bassin de Diya. J'implorais le ciel pour échapper à la césarienne. Je devais livrer la pauvre fille à ses douleurs. Il m'était impossible de pratiquer une épisiotomie ou de lui administrer une péridurale.

Ça promettait pour les décibels. Andy s'est ensuite précipité sur l'autre patient pour procéder à l'opération. Les signes vitaux étaient faibles mais réguliers. Il lui a fallu une heure pour opérer, recoudre les plaies, nettoyer, s'assurer qu'il n'avait pas oublié une aiguille dans les boyaux ou – j'avais eu la même pensée – un poil de cette barbe qu'il faudrait bien se décider à raser. Pendant ce temps, le bébé faisait son apparition. Il était plus que temps. Tous espéraient que le cordon avait été dégagé à temps et que le bébé ne soit pas déjà étouffé. Comme il ne pouvait pas être aux deux endroits en même temps, Andy a communiqué ses instructions à Alex, qui ferait décidément un bon infirmier. C'est lui qui a tiré sur la tête pour aider l'expulsion. C'est encore lui qui a réveillé le bébé, heureusement encore vivant, qui a sectionné le cordon ombilical et qui a pansé les plaies. Il a même pris l'initiative de placer le bébé sur Diya et d'aller chercher une compresse froide pour lui éponger le front. Diya n'avait plus de voix, tant elle avait hurlé. Les deux infirmières et Andy avaient les nerfs en charpie. Il a ensuite ordonné de placer les deux patients sous perfusion massive d'antibiotiques, étant donné la stérilisation expéditive. Le blessé était toujours inconscient. Andy a fait ajouter un sédatif puissant dans son sérum pour qu'il repose aux soins intensifs avec une chance raisonnable de s'en sortir. Diya a eu un sourire forcé, mais elle est tombée endormie, complètement épuisée.

— J'en ai profité pour examiner le bébé. Il était vraiment petit, prématuré d'au moins trois semaines. Je l'ai fait placer en incubateur. Il avait manqué d'oxygène, il fallait le confier aux spécialistes sans tarder.

Les jours suivants, après avoir récupéré tant bien que mal, Andy a revu le blessé qui était revenu à lui. Sa plaie guérissait bien. Aucune trace d'infection. Il a pu sortir de l'hôpital la semaine suivante, encore faible mais sur deux pieds. Quant au couple Diya-Alex, ils avaient déjà quitté quand Andy a pu enfin leur accorder un moment de visite. Il a pris des nouvelles de l'enfant. Marie-Claude lui a raconté que, dix minutes de plus, le bébé sortait bleu. Il a repris toutes ses couleurs en incubateur. Il buvait comme un goinfre à sa sortie, à peine trois jours après. Quant à Diya, elle avait elle aussi survécu à l'accouchement sans dommage physique : aucune déchirure ou rupture de tissu, pas d'hémorragie. Malgré ses allures fragiles, elle possédait une constitution assez forte pour passer à travers l'épreuve sans séquelles dignes de mention, pas même ses cordes vocales. Un miracle.

Andy a remercié Marie-Claude, d'une voix

troublée et incertaine. Elle savait très bien qu'il avait forcé la chance, bien au-delà de ce qui est permis par ces instances qui légifèrent sans jamais mettre le pied dans un hôpital. Il suffirait d'un seul mot de sa part pour une convocation immédiate à l'étage de la haute direction et une passible comparution devant l'Ordre des médecins, avec suspension, réprimande, risque de poursuite, et toutes les réjouissances de ce genre. Marie-Claude lisait dans ses pensées comme sur une enseigne au néon: « Au fait, vous avez le bonjour du jeune couple. Ils ont compris que vous avez sauvé la vie de leur enfant. Ils vous en sont très reconnaissants. Et je voulais vous dire bravo, docteur. Je suis là si jamais il vous faut encore une assistante. »

— Il y a des jours où je déteste ce métier, mais il y en a d'autres où je l'adore et où je ne l'échangerais pour rien au monde.

CHAPITRE 11

On avait même accroché des guirlandes de lumière. La fête battait son plein. Des musiciens se relayaient pour déchaîner les danseurs et égayer les couples en gestation. Un buffet, composé de plats apportés par des volontaires, remplaçait la cantine. Ce soir, monsieur Gaspard avait congé et il était invité à se laisser sustenter à son tour. Il ne se privait pas d'ailleurs de goûter avec un plaisir évident à tout ce qu'on lui offrait. Bière et vin coulaient en bonne mesure, entorse flagrante au puritain code de déontologie citadin puisque personne n'avait pris la peine de quémander un permis qui n'aurait pas été accordé de toute manière. On assurait même le service dans de vrais verres, fournis par les consommateurs eux-mêmes, pour diminuer le volume des déchets. Lorsqu'un verre se fracassait accidentellement par terre, Tom, toujours lui, se précipitait avec son balai pour ramasser les dégâts. Un véritable petit elfe besogneux et appliqué. Tout le monde tenait cependant bien son rang, trop heureux de déguster la bière dans du verre – sans altération du goût comme dans des contenants de plastique ou, pire, de styromousse – et, par la même occasion, de faire un pied de nez aux législateurs zélés, acharnés jusqu'à encadrer la manière de respirer. Chacun, conscient des risques qu'il prenait par cette provocation délibérée aux obsessions du Code civil, ressentait le petit frisson de la délinquance, surtout avec la perspective de voir surgir à tout moment l'escouade antiémeute à qui des gardiens de la vertu auraient donné l'ordre de conduire tout ce beau monde au poste dans de rutilants fourgons.

Mais tout baignait dans l'huile et aucun nuage ne s'annonçait à l'horizon, tant au sens propre que figuré. Il en allait ainsi depuis l'apparition de la cantine de monsieur Gaspard. Une sorte d'oasis de paix semblait rayonner autour de lui et le rendre invisible aux yeux inquisiteurs, d'ordinaire si empressés de gratifier contraventions et constats d'infraction. L'aire aménagée autour du coin de rue où était installée la cantine procurait un havre pour les gens en manque de tranquillité. Le civisme y tenait naturellement son rang. Même les perturbateurs chevronnés évitaient de contrarier l'atmosphère. Cela paraissait d'autant plus évident en ce soir de réjouissances.

Quelqu'un avait lancé l'idée, comme ça, d'une fête pour souligner les trois premiers mois d'existence de la cantine mobile. La proposition avait été saisie au vol. Le samedi suivant, des affichettes invitaient le quartier à venir célébrer monsieur Gaspard et sa fameuse toupyne dont le succès ne se démentait pas. La table du buffet débordait de victuailles dignes d'un festin présidentiel. La rue était interdite aux véhicules. Personne ne se plaignait. Les automobilistes bloqués garaient simplement leur voiture en double et venaient se joindre aux festivités. Beaucoup de curieux approchaient, tendaient une main timide au buffet, avant de revenir un peu plus tard, tout souriants, avec une contribution de leur cru pour mieux s'intégrer à ce happening inattendu.

Monsieur Gaspard trônait comme au milieu de son peuple, très fier et très touché du petit salut d'honneur des gens du quartier. En verve, il racontait plein d'anecdotes.

— Ah! Il faut faire attention à ce qu'on dit de nos jours! Choisir le bon mot constitue une épreuve décisive! Tenez, à la clinique, l'autre jour, j'ai voulu voir une infirmière pour un petit conseil. On me répond qu'il n'y avait pas d'infirmières, seulement des «préposés spécialisés en soins généraux aux bénéficiaires», et que parler «d'infirmières» reflète le pire des préjugés étant donné que «le métier n'est plus l'apanage des femmes, jadis confinées aux canaux définis du travail par un système phallocrate»! «Phallocrate!» Textuel! Un mot que je n'avais pas entendu depuis mes études secondaires! Pour un peu, j'étais conduit au peloton d'exécution! Alors, je demande: «Très bien, dans ce cas, comment devrais-je appeler une personne enceinte, selon vous?» Petit piège espiègle, vous saisissez, comme si une personne enceinte pouvait être autre chose qu'une femme! Eh bien, vous savez ce qu'on m'a répondu le plus sérieusement du monde? «Une nullipare s'il s'agit d'une première grossesse et d'une gestante gravide pour les autres cas!» Textuel!

Pendant ce temps, les musiciens amateurs se succédaient sur une petite estrade. La plupart se débrouillaient vraiment bien, chose étonnante quand on connaît la dépréciation de la pratique musicale à notre époque d'horaires surchargés et de chaînes de télé spécialisées dans le moindre travers humain. J'écoutais avec plaisir les deux violonistes qui s'exécutaient dans un répertoire de jazz faisant penser à Grappelli. Ils hésitaient certes un peu, butant sur quelques notes, mais le public appréciait et en réclamait davantage. Alors, les musiciens repartaient pour une autre pièce avec le bonheur suspendu aux lèvres. Dans la pénombre, je n'avais pas remarqué tout de suite qu'un des violonistes était en fait Mélany, la mère du bien nommé Thomas-Éric. Je me suis souvenu que, lorsque je l'avais rencontrée, elle avait parlé de son envie de jouer du violon en public. Son vœu était enfin devenu réalité. Et elle maniait l'archet avec une aisance renversante. Comme quoi on peut toujours trouver du temps pour ce qui nous tient à cœur.

Elle jouait en compagnie d'un type dans la vingtaine, au regard réellement insolite. Il exprimait avec une rare limpidité la multitude des sentiments qui l'habitaient, mais avec une séparation tranchée entre les deux moitiés du visage. La moitié gauche traduisait une joie émue, la résolution d'un long questionnement, le soulagement d'une culpabilisation non assumée qui le tenaillait depuis des années. La moitié droite, au contraire, était en sueur, sous les assauts d'une tension qui le faisait tanguer, d'une remémoration de souvenirs de toute évidence pénibles et douloureux. Oui, je le jure, c'est la seule fois dans ma vie où j'ai observé un tel phénomène : deux moitiés de visage reflétant si clairement la lutte furieuse et obscure d'éléments intérieurs contradictoires.

J'étais fasciné par son jeu et par sa présence scénique. Il se trémoussait, bougeait comme en transe. Il jouait avec une virtuosité stupéfiante, un peu rouillée, certes, mais digne des plus grands, même si je ne peux pas me prétendre expert en la matière. Mélany suivait son partenaire du mieux qu'elle pouvait, apportant son soutien aux séquences improvisées, enchaînées comme des prouesses athlétiques. Du beau travail. Lorsqu'ils achevaient un morceau, le public hurlait et applaudissait à tout rompre. Mélany lévitait de plaisir et d'émotion, tandis qu'Enrique, son prénom, comme j'allais l'apprendre incessamment, semblait revenir d'un voyage pieds nus sur un glacier de l'Alaska. Il émergeait, parvenu enfin au port, incrédule d'avoir survécu à l'épreuve.

Puis, Mélany a annoncé une pause pour céder la place à un chanteur hip-hop, un Noir baraqué comme une glacière antique, accompagné d'un joueur de bongo et d'Enrique, demeuré sur place. Le chanteur possédait une voix puissante et une gestuelle très souple pour sa corpulence. Il se livrait à fond de train avec l'accent des faubourgs parisiens. J'aimais bien ce qu'il déclamait avec tant de conviction. Ça rejoignait d'ailleurs mes propres réflexions.

Rien à craindre, tout à craindre

Tes soucis, c'est pas les moindres

Mais ta foutue trouille du pire

Si t'essaies pas de rire

Te restera coincée dans le gosier

Putain, dans ce monde déglingué

Et autres rimes du genre. Pendant ce temps, Mélany était venue rejoindre le petit Tom qui me tenait compagnie, toujours aussi sérieusement à l'affût d'un éclat de verre égaré et prêt à bondir sur sa proie. Je m'amusais à le taquiner.

— Attention, Thomas, je crois que j'ai vu quelque chose briller là, sous la table!

Il regardait avec intensité, plissait les yeux et cherchait à percer le mystère. Et lorsque c'était fait, il se tournait vers moi pour répliquer d'un ton faussement indigné :

— Mais non, c'est que le chien de madame Leclerc!

Mélany a pris son fils dans ses bras pour une étreinte pleine d'affection. Elle semblait enfin avoir trouvé la combinaison pour être heureuse, comme rarement depuis plusieurs années. Je l'ai félicitée pour sa prestation.

— Oh! merci, mais le mérite revient à Enrique, mon ami bolivien.

— Il est plutôt épatant, en effet.

— C'est un ancien virtuose, un enfant prodige qui a tout laissé tomber, un jour, comme ça, où ses nerfs ont claqué d'un coup sec. Il n'avait pas touché au violon depuis huit ans avant de le reprendre pour me faire plaisir et pour m'enseigner quelques trucs. Il était mort de trouille à l'idée de se produire à nouveau devant un public. Monsieur Gaspard a su le convaincre, et je crois qu'Enrique s'est surpassé. J'ai hâte qu'il me fasse son bilan de santé, mais à le voir agiter son archet, j'ai bien l'impression qu'il renoue avec une paix d'esprit, invisible depuis longtemps.

— C'est toujours ce bon Gaspard qui vous a mis en contact?

— Qui d'autre? Un soir, le mois dernier, je venais reprendre Thomas-Éric après le travail. Mon fils adore Gaspard. Une véritable bénédiction pour moi. J'ai pu mettre de côté mes appréhensions et accepter la promotion qu'on m'offrait au travail, sans me préoccuper du casse-tête de caser mon garçon. Quand j'y repense, par contre, je me dis que j'ai dû être victime d'une crampe du cerveau pour accepter cet arrangement. Je me demande encore comment j'ai pu confier Thomas-Éric à quelqu'un que je connaissais à peine. Je dois dire que, lorsque monsieur Gaspard m'a fait sa proposition, Thomas-Éric était tellement enthousiaste que j'ai donné mon accord sans réfléchir. Ça tombait pile, je dois dire. Mais le premier jour, après m'être rongé les sangs toute la journée et m'être traitée de mauvaise mère sur tous les tons, morte d'inquiétude, j'ai couru reprendre mon fiston. Et là, quand je l'ai vu, rayonnant, me sauter dans les bras et me raconter dans les moindres détails tout ce qu'il avait accompli, je me suis félicitée d'avoir osé faire confiance. Ce n'est pas tous les jours qu'on n'a pas à regretter une décision impulsive. Et je dois dire que, pour la période de l'été où on ne sait jamais quoi faire des enfants, la supervision de Gaspard me rend un service inestimable.

— Chic type, ce monsieur et sa cantine. Regardez-le, comme il s'amuse.

Gaspard était entouré d'une dizaine de personnes. On se claquait les cuisses de rire, dans une bonne humeur contagieuse. La chaleur du jour était tombée et tous se laissaient caresser par un air d'une douceur exceptionnelle, un air propre à dérider même les déprimés en manque d'oméga 3.

— Alors, pour en revenir à Enrique…

— Oui, c'est vrai. Toujours est-il que Gaspard me retient un moment et se met à me parler d'un client musicien que j'aimerais sûrement connaître. «Au fait, j'ai parlé de toi à Enrique, un charmant Bolivien élevé ici. Il accepterait de te rencontrer si tu veux discuter violon avec lui. »

Mélany, intriguée, ne comprenait pas trop en quoi consistait cette entremise soudaine. Et puis, ça voulait dire quoi «discuter violon»? Comme s'il lisait dans ses pensées, Gaspard lui a raconté son histoire.

Enrique est arrivé ici avec ses parents quand il

n'était âgé que de quatre ans. Ils ont été accueillis par de la parenté déjà établie dans le pays. Ils vivaient à huit dans un minuscule appartement, campant dans la promiscuité durant les durs mois d'hiver. Le père, incapable de se dénicher du travail, ne parlant qu'un anglais très sommaire et aucun mot de français, se désespérait chaque jour un peu plus. Il avait quitté sa misère natale, mais sans améliorer son sort, entraînant sa femme et son fils avec lui dans ce brassage houleux du destin. À présent, loin des leurs et des valeurs familiales si importantes pour eux, accueillis par des regards méprisants pour leur condition d'immigrants et pour leur manque de vocabulaire, confrontés à des rigueurs climatiques à scier les jambes, désenchantés de toutes les promesses non tenues, ils songeaient à l'indigence dont ils souffraient en Bolivie comme à un souvenir presque agréable.

Entre-temps, Enrique se morfondait, confiné entre quatre murs, sous la supervision distraite de sa mère et de sa tante qui trompaient l'ennui dans d'interminables parties de cartes. L'enfant était à l'âge où explorer les tiroirs et le derrière des portes constitue le principal registre d'occupation. Il fouillait inlassablement les mêmes placards à la recherche d'un divertissement imprévu. Un jour, il brave sa peur du noir et s'enfonce dans l'obscurité d'un placard. Ses yeux s'habituent à la pénombre, et bientôt il déniche un étui qui l'intrigue. Revenu avec ce coffre aux trésors à la lumière de la pièce, il entreprend de l'ouvrir. Lorsqu'il y parvient, au bout de plusieurs minutes de tâtonnements, il découvre avec émerveillement un violon, comme celui qu'il avait justement aperçu à la télévision la veille. Une aubaine inespérée! Enrique n'oubliera jamais ce moment, son plus ancien souvenir.

Le garçon retire l'instrument de l'étui et ferme les yeux pour mieux se rappeler le musicien qui avait interprété cette si belle musique à la télé. Il finit par prendre la position, bien que le violon soit trop gros pour lui. Il agrippe l'archet dans l'autre main et se met à le promener maladroitement sur les cordes. La cacophonie attire l'attention des deux femmes dans la cuisine qui accourent, paniquées par les grincements inquiétants qui proviennent de la chambre. Elles en sont quittes pour une belle crise de fou rire.

Le soir, elles racontent l'anecdote aux hommes et aux autres enfants revenus de leur journée. L'oncle d'Enrique, à qui appartient le violon, décide de lui en apprendre les rudiments, histoire de l'amuser. À sa grande stupéfaction, au bout de deux semaines où les nerfs de chacun sont soumis à rude épreuve, Enrique est en mesure de jouer par cœur sa première ritournelle. Quelque chose de sérieux se passe. Non seulement le petit sait tenir l'instrument, mais il façonne des notes avec suffisamment de doigté pour inciter l'oncle à l'emmener chez un ami, musicien professionnel.

De fil en aiguille, l'enfant poursuit un apprentissage assidu. Il se soumet à tous les exercices avec une patience inépuisable et une discipline précoce, comme si toutes les candeurs d'enfant n'avaient aucun droit à l'existence pour lui. En dépit du fait que ses parents ne peuvent pas lui payer un professeur régulier, ses progrès sont fulgurants. Son jeu fait écarquiller les yeux et dilater les oreilles. Les années passent, et l'entrée à l'école ne fait que conforter l'enfant dans sa voie. Il cultive sa supériorité sur les larves excitées qui partagent la classe et qu'il a tendance à mépriser. Cette attitude hautaine lui attire rapidement l'inimitié et l'isole chaque jour un peu plus. Il est soumis à des brimades typiques de l'impitoyable méchanceté des enfants. Enrique se rachète dans la musique. Il lui arrive de monter sur scène à l'occasion de petits spectacles scolaires où les parents sont invités. Chaque fois, bien sûr, il fait sensation, juste revanche sur les mauvais traitements qu'on lui inflige. On ne manque pas de porter aux nues le jeune garçon et on lui insuffle ainsi l'élan pour persévérer.

De son côté, la situation financière de ses parents s'est consolidée. Le père a fini par trouver un travail et il a pu déménager sa famille dans son propre appartement. La mère cumule les petits boulots payés au noir. Comme chez tous les parents désobligés par la vie, le miracle du don de leur fils prodige finit par leur monter à la tête. Ils le voient déjà en train de planer à haute altitude au volant d'une carrière glorieuse, recevant des cachets miro-bolants qui pourront les extirper de la noirceur, peut-être même leur permettre de retourner dans leur Bolivie natale. Ils se mettent à accentuer la pression, se mêlent des horaires du petit, le harcèlent sans répit, l'astreignent à d'interminables heures de répétition et d'exercice qui finissent par épuiser l'enfant, sans que personne, pas même Enrique, ne sente le laminage en train de se produire.

À douze ans, Enrique est obligé de partici-per à des concours. Chaque fois, il sort gagnant et acclamé. Chaque fois, on le soumet à une épreuve plus relevée. L'arrivée de la puberté avec son effervescence hormonale l'enfonce dans une confrontation décisive avec la vie qu'il mène. Sans amis, sans personne pour s'intéresser à ce drôle de type qui ne prononce à peu près jamais un mot et au rendement scolaire médiocre, Enrique commence à s'interroger. Il se sait perçu comme une attraction de cirque, sorte de bête curieuse qui ne possède qu'un seul talent, fût-il exceptionnel, mais aucune envergure en tant qu'individu. Certes, l'admiration qu'on lui témoigne lui procure encore de la fierté; là comme ailleurs, toutefois, elle s'émousse. Le baume de son talent n'agit plus avec la même efficacité. La lassitude s'en mêle. Il observe les autres autour de lui. Il envie leur désinvolture, leurs cheveux curieusement coiffés, leurs vêtements bigarrés, lui qui est vêtu en permanence du même déprimant complet noir. Il envie leur aptitude au rire qui semble complètement tarie chez lui. Il regarde son visage éteint dans le miroir et se pose de légitimes questions.

Mais Enrique ne sait rien faire d'autre que de jouer du violon. Il continue donc de s'acharner sur la voie balisée. Il s'enfonce dans sa solitude et dans des marathons où, infatigable, il décortique des partitions toujours plus ébouriffées jusqu'à ce qu'il les maîtrise à la perfection. Cette fuite en avant pour éviter les douloureuses remises en question le mène à son premier concours d'envergure internationale. Sélectionné parmi deux cent vingt-cinq candidats, il survole les épreuves éliminatoires avec une facilité déconcertante. Même les critiques les plus blasés, dont certains ont déjà entendu parler de lui, doivent admettre qu'ils assistent à la manifestation d'un phénomène.

Le soir de la finale arrive. À quatorze ans, Enrique est le plus jeune candidat. Son nom est sur toutes les lèvres. La presse s'empare du prodige et en fait des manchettes qui ravissent les parents, mais oppriment le garçon. La pression de ses doutes augmente. Il sent son énergie s'épuiser et entrevoit le spectre de l'échec pour la première fois. Il ne parle à personne, refuse les sollicitations d'entrevues, ne répond à aucune question. Toute sa survie mentale ne tient qu'à cette digue de concentration qu'il oppose à la moindre distraction. Il attend que le cauchemar se termine.

Son tour vient enfin. Il a écouté les candidats qui le précédaient et il sait qu'aucun ne peut espérer lui ravir la couronne. Rassuré, il ne ressent aucune nervosité, seulement un peu de lassitude à l'idée de devoir encore prouver qu'il est le meilleur. L'effort lui coûte. Il n'a plus envie de ce tourbillon où il doit empiler performance sur performance. Une fatigue passagère sans doute légitime.

Enrique se tient en coulisse prêt à entrer en scène, pressé d'en finir et de mettre derrière lui ces journées où il a été sollicité à ses limites. Au moment où le présentateur s'apprête à annoncer sa venue, un événement en apparence anodin se produit et met en branle l'engrenage qui fera pivoter toute l'existence d'Enrique. Les candidats sont regroupés derrière le dernier d'entre eux à se produire, déjà favori du jury à la suite du parcours éliminatoire. Et ce concurrent, tous le détestent. Il leur est non seulement supérieur, mais il est antipathique, il ne se lie avec personne, il lève le nez sur les autres comme s'il s'agissait de vermine. Alors, quelqu'un ne peut plus se retenir. Dans le monde des compétitions, l'encouragement mutuel est surfait. Les félicitations? De l'hypocrisie formelle. La bonne entente? Une façade factice et un leurre. La complicité? Une porte d'entrée pour mieux faire trébucher l'adversaire. Quelqu'un ne peut plus se retenir et lance à voix haute pour être bien entendu : « Et voilà, place au zombie du violon. »

Le coup porte directement au cœur d'Enrique. Il vacille légèrement et s'avance sur la scène. On vient de le traiter de zombie, et tout à coup se cristallise l'image peu édifiante de sa personne qu'il sentait se forger en lui. Tout à coup, les vers qui grugeaient sans relâche les fils de son équilibre viennent de les rompre. Tout à coup, Enrique s'aperçoit que sa lassitude est plus sérieuse qu'il le croyait. Il réalise qu'il n'en peut plus de cette vie, ce qu'il avait toujours férocement nié et enfoui dans les profondeurs de son inconscient jusqu'à cette seconde même.

Enrique s'installe néanmoins. Il entre en

scène sous les vivats du public. Il met un temps fou à retrouver sa concentration, accorde interminablement son violon et se lance enfin. Il interprète trois *Caprices* de Paganini, dont le célèbre 24e en la mineur. Le public retient son souffle. La prestation est époustouflante. On croirait assister à la réincarnation du diabolique violoniste. Mais, pendant ce temps, Enrique lutte avec l'énergie du désespoir pour ne pas sombrer. Il ne veut pas céder. Il ne veut pas changer de vie, lui qui manie son instrument de façon prodigieuse, lui qui est adulé pour ce don unique qu'on lui envie tant. Il ne veut pas prendre le risque de renier son destin, alors qu'il est déjà lancé sur les rails de la gloire. Il ne veut pas démériter aux yeux de ses parents, pratiquement ses seuls contacts avec le monde des humains. Le danger de basculer dans une existence sans repères en abandonnant le violon, de vivre un sort plus grave que s'il persiste dans la seule voie qu'il connaisse, cette perspective le terrifie. Il se sent coincé comme jamais.

À ce moment, à ce moment très précis, tandis que, la sueur au front, Enrique arrache des sonorités étourdissantes de son instrument, un crin de l'archet cède, incident commun qui arrive fréquemment, tous les violonistes le savent. Mais il s'agit d'une fois de trop. Enrique devient obnubilé par ce crin qui virevolte devant lui au rythme de son archet frénétique. C'est comme si le filin de sa raison venait de se briser et s'entêtait à le narguer, là, devant ses yeux.

Enrique tombe dans une sorte d'état second où seuls les réflexes établis lui permettent de conclure son récital. C'est le triomphe. Le public se lève d'un bond et crie bravo à tue-tête, sans interruption durant cinq minutes. On veut ramener Enrique sur scène, lui qui s'est réfugié en coulisse sans même saluer. On le cherche pour qu'il vienne récolter les fruits de son éblouissant récital. On scande son nom. On applaudit sans relâche. Rien n'y fait. Le présentateur s'en mêle et invite le public à attendre le résultat des délibérations du jury. Sceptiques et déçus, les auditeurs se calment et se mettent à commenter ce comportement saugrenu, à la limite de la grossièreté. À peine dix minutes plus tard, le jury est prêt à annoncer la victoire unanime d'Enrique. Lorsqu'on l'invite sur scène pour recevoir son prix, on apprend qu'il est introuvable. La consternation est totale.

On ne retrouvera le gagnant que le lendemain matin, endormi sur un banc de parc. Son instrument repose à ses pieds. Durant la nuit, Enrique a arraché un à un tous les crins de son archet, long et méticuleux travail, activité aussi douloureuse qu'une automutilation, exutoire de son constat avoué que plus jamais il ne jouera du violon.

A-t-on le droit de sciemment tourner le dos à un don que seuls de rares privilégiés peuvent revendiquer? Je me posais la question tandis que Mélany et moi regardions Enrique se déhancher sur scène, en apparence infatigable et réconcilié avec une dimension ostracisée de lui-même. Est-ce que cela allait suffire pour le ramener à la musique? J'en doutais après le récit que je venais d'entendre. Si au moins il ne traîne plus son passé comme un stigmate, il pourra s'estimer heureux. De là à entreprendre une carrière, l'heure de tombée est sans doute déjà dépassée. Et j'en revenais à ma question : comment peut-on jeter aux orties un tel miracle qui permet de se démarquer de façon si avantageuse? Comment peut-on dévier d'un destin en apparence si enviable alors que tant de gens ignorent jusqu'à leur dernier souffle quel sens donner à leur passage sur terre?

En même temps, un don aussi unique s'accompagne d'une pression énorme. Encore faut-il le faire fructifier, se montrer en mesure de le hisser là où les attentes le réclament. Le côté que j'ai toujours trouvé le plus déplorable de la musique est que, pour espérer survivre au raz-de-marée des petits prodiges robotisés des pays asiatiques ou ceux produits à l'usine à saucisses de l'école russe, il faut avoir attaqué son instrument dès l'enfance, au détriment du développement normal de tout être humain. Faire carrière en musique, c'est justement se condamner à ne pas mener une vie semblable au commun des mortels et surtout se montrer prêt à l'assumer. Un tel sacrifice exige une sacrée dose d'abnégation et une force mentale à toute épreuve, surtout si elle doit prendre racine chez l'enfant.

J'étais persuadé qu'Enrique jonglait chaque jour avec ces considérations. Il n'avait pas eu d'autre choix que de plonger dans l'inconnu, au risque de saboter de manière irrémédiable sa situation et son talent. Il avait craqué, et il n'y a rien à opposer aux revendications d'un système nerveux. Est-il tout de même complètement passé à côté d'une chance unique? Se bat-il comme plâtre depuis pour avoir bousillé un avenir garanti? S'en veut-il d'avoir laissé échapper le sens de toute vie, celui de développer à ses limites les talents et les aptitudes acquises? Cela dépendait de ce qui avait comblé le vide, j'imagine.

— Que s'est-il passé ensuite?

— Bien entendu, sa défection a été accueillie avec une volée de bois vert par ses parents. Il a eu droit à des crises épiques et à une dégelée en règle. Mais Enrique a encaissé sans broncher, même quand, après avoir annoncé qu'il abandonnait défi-nitivement le violon, son père l'a giflé et chassé de la maison. Il s'est réfugié durant quelques mois chez son oncle qui a beaucoup fait pour apaiser le cyclone dans la tête d'Enrique.

Au lieu de poursuivre ses études, il a choisi d'occuper des boulots minables dont personne ne veut. Pourtant, le simple fait de toucher de ses mains autre chose qu'un archet et un manche de violon lui a procuré un bonheur inattendu. Il éprouvait des sensations inconnues. Chaque jour, il faisait une nouvelle découverte, des choses aussi simples qu'un mot, un regard, une manière de marcher, un rire, un feuillage agité par le vent, une ombre projetée sur le mur. C'est dire à quel point son univers était limité. Il prenait conscience de la beauté des choses, en dehors du monde de la musique pour violon. Il en était émerveillé, comme s'il ouvrait les yeux, et même les oreilles, pour la première fois.

Regrette-t-il quelque chose? Il n'avait pas le choix. Peut-être que, s'il avait pu établir un meilleur équilibre entre la discipline impitoyable à laquelle il devait se soumettre et les nécessaires échappées pour récupérer et intégrer d'autres intérêts, il n'aurait pas eu à détruire son échafaudage si patiemment construit. Il aurait conservé un amour sincère de la musique en en faisant un refuge au lieu d'une prison. Aujourd'hui, nous aurions sans doute un musicien accompli. Mais Enrique a biffé ce choix de carrière de son registre. Jamais il ne mentionne qu'il regrette la moindre seconde de son passé.

— Et alors, Gaspard?

— Curieusement, Gaspard est la première personne à qui Enrique a confié son histoire. Avec sa façon de nous mettre en confiance, il nous tire les vers du nez sans que ça paraisse.

Et le plus formidable, c'est qu'on le fait toujours volontiers et souvent avec le soulagement merveilleux que procure la confidence. À la fin de son récit, Enrique a fléchi quand monsieur Gaspard, avec son apparente candeur, lui a posé cette question pertinente : « Procurer du bonheur avec votre musique ne compense pas le prix à payer? » Enrique venait d'être frappé de plein fouet par une révélation. Oui, jouer de la musique peut profiter aux autres autant qu'à soi-même. Et peut-être que faire apparaître une esquisse de bonheur sur un visage bercé de musique vaut bien, en effet, quelques sacrifices et constitue même leur justification.

C'est alors que Gaspard lui a parlé de Mélany, mentionnant à quel point elle aspirait justement à faire sourire les gens par la seule vertu de son instrument, à leur soutirer un moment de paix, loin des rivalités ou de la compétition pour s'autoproclamer le meilleur. Aussi étrange que ça puisse paraître, Enrique n'avait tout simplement jamais pris conscience de cet aspect. Pour lui – et c'est ce qu'on lui avait toujours martelé –, il fallait écraser l'adversaire avant qu'il ait le temps de vous administrer un croc-en-jambe. La dimension ludique de la musique lui était inconnue. Jouer du violon équivalait à un travail de survie. Il a suffi que Gaspard lui parle de la petite ambition de Mélany pour lui ouvrir tout un pan de la musique qu'il n'avait jamais entrevu. Même s'il savait interpréter les œuvres avec sensibilité, Enrique avait toujours cru que les applaudissements et les éloges ne saluaient que ses performances athlétiques, sans penser qu'ils traduisaient également un immense plaisir d'écoute.

Mélany et Enrique se sont finalement rencontrés par l'entremise de Gaspard. Enrique était intimidé. Il renouait avec une dimension musicale pour la première fois depuis tant d'années. Ils ont discuté et, Enrique étant un chic type, un être en mode rattrapage curieux de tout, ils ont également sympathisé. Quand Mélany lui a dit qu'elle travaillait dans une bibliothèque, une lueur est passée dans ses yeux. Il a encore de la difficulté à lire en français, et sa culture générale avoisine le point de congélation. Alors, ils ont conclu un arrangement: Mélany lui fait lire des bouquins qu'elle sort de la bibliothèque et Enrique lui dispense quelques leçons de violon. D'après Mélany, il excelle en la matière, au point qu'il devrait envisager de devenir professeur. Sous sa férule, comme on dit, elle a fait des progrès inespérés.

Ce soir-là, contaminé par le virus de la gaieté, j'ai filmé plusieurs séquences pour immortaliser la petite fête en l'honneur de monsieur Gaspard. Je m'en donnais à cœur joie, invitant les gens à saluer la caméra. Je multipliais les clichés pour extraire le mieux possible l'ambiance de la soirée. J'accordais bien sûr la priorité à monsieur Gaspard qui folâtrait comme un jeune premier. Ce faisant, je réduisais le personnage à une simple formule numérique à l'intérieur de ma caméra, mais il s'agissait avant tout de conserver une trace à l'appui de la mémoire de cette soirée si réussie.

Sans soupçonner le rôle qu'elle allait jouer quelques semaines plus tard.

CHAPITRE 12

Pour être juste, je dois mentionner que l'éclatant succès de la fête avait également attiré son lot de vautours. Pour une rare fois, des traces peu édifiantes souillaient les abords de la cantine le lendemain matin : quelques papiers gras échappés, des bouteilles vides, des cannettes écrasées, d'inévitables taches de nourriture et de liquide poisseux renversé par terre, des innommables mégots que des atrophiés du neurone s'entêtent à semer sous les pieds, bref, un paysage négligé, malgré les bonnes volontés qui avaient ramassé le plus gros des déchets et empli la seule et unique poubelle jusqu'au débordement.

Ces minimes signaux de détresse ont jeté un début de discrédit sur les activités tenues à ce carrefour et fait hausser quelques sourcils. Un premier individu en uniforme a fait son apparition avant le passage des éboueurs. Personne ne l'avait vu rôder par ici auparavant. Il a étudié les alentours de la cantine comme un inspecteur des travaux publics, avant de repérer monsieur Gaspard et de s'adresser à lui avec une véhémence qui nous a fait sursauter :

— Qui c'est, le responsable de ce dépotoir?

C'était la première fois que j'entendais quelqu'un élever la voix dans l'entourage de la cantine. Même Gaspard, pourtant peu facile à démonter, a eu un moment d'hésitation. Il a pris le temps de jauger le fantassin de l'escouade de la propreté, vêtu de son bel uniforme, qui tendait à bout de bras sa carte d'identité, tel un revolver lors d'un hold-up.

— On dira que c'est moi pour simplifier. J'attends mon aide de camp et on vous récure la place aussi propre que votre baignoire, du moins je présume.

— Vous êtes en cas d'infraction grave, vous savez?

— Rassurez-vous, voyons. Je suis conscient de mes obligations, inutile de les aboyer.

— Ça vaudrait mieux! En attendant, voici un avertissement écrit. La prochaine fois, c'est l'amende non caramélisée!

Et il est parti, fier de sa minable démonstration d'autorité. Alex, qui se tenait en embuscade, s'est mis sur pied pour le suivre. Monsieur Gaspard captait les vibrations de colère d'Alex et craignait à juste titre un affrontement de nature musclée. Il l'a rapidement attrapé par le bras.

— Allons, allons, il n'en vaut pas la peine. Y a qu'à ne plus lui donner d'occasions de jouissance.

Alex a repris sa place en maugréant. Je me suis assis à ses côtés pour entamer une conversation et pour faire diversion à ses instincts meurtriers, lui qui, je le comprenais maintenant, détestait les abus de pouvoir et les uniformes empesés. Mais l'épisode avait attiré l'attention malsaine d'un client dans la file. Au moment où il recevait son assiette, il a apostrophé monsieur Gaspard avec une curiosité grossièrement déplacée :

— Ça m'a tout l'air de bien fonctionner, votre petit boui-boui. J'imagine que vous payez religieusement vos impôts ?

De quoi se mêlait-il, ce con ? En quoi la comptabilité de Gaspard pouvait-elle bien le concerner ? Comme s'il entendait nos questions mentales, cet abruti nous a fourni la réponse avec une insupportable suffisance :

— C'est que, vous voyez, je travaille pour le ministère du Revenu. J'aime bien m'assurer de la loyauté de mes concitoyens, vous comprenez ? Déformation professionnelle, sans doute…

Monsieur Gaspard l'a fixé d'un œil froid. Il

lui a répondu sans se départir de son flegme et tout en continuant de servir ses autres clients :

— Monsieur, je ne connais que deux certitudes dans la vie : la mort et les impôts. Si j'étais vous, je ne m'inquiéterais pas de ma modeste contribution au trésor public.

— C'est très bien, c'est très bien. J'imagine que vous ne verrez pas d'objections à ce que je consulte votre dossier, n'est-ce pas ?

Je sentais Alex prêt à bondir à nouveau. Son sang chaud entrait en phase d'ébullition. Il éructait de rage et se cramponnait à la table comme s'il allait la balancer à la tête de cette raclure de crottin.

— Mais qu'est-ce qui se passe, aujourd'hui ? C'est qui tous ces emmerdeurs tout à coup ? Non, mais t'as vu ce charognard du portefeuille ? Il travaille pour l'Inquisition espagnole, ma parole !

— C'était trop beau pour durer. Console-toi. Au moins, monsieur Gaspard est toujours là. Ce ne sont pas quelques demeurés qui vont le déloger.

— Peut-être, mais il ne faudrait pas laisser la mauvaise herbe l'envahir. Sa présence quotidienne m'est devenue précieuse. Je tiens à protéger cet acquis.

— Oui, on ne se lasse pas de sa toupyne, pas vrai ? Il me semble qu'elle ne goûte jamais deux fois la même chose.

Malheureusement, la parade n'était pas encore

terminée. Deux policiers gravitaient autour de la poubelle avec des airs de matamore, en prenant bien soin de se faire remarquer. Ce sont habituellement Clotilde et Hubert qui patrouillaient dans le coin, mais ils étaient partis en vacances. Ça arrive. Comme de raison, leurs remplaçants ne provenaient pas du même filon d'amabilité. Ils avaient plutôt l'air du genre à cibler le moindre pou.

— C'est vous le responsable de ce dépotoir?

— On m'a déjà posé la question, tiens. Il y a eu une petite fête, hier soir. Dans moins d'une heure, il n'y aura plus aucune trace visible, je promets sur l'honneur.

— Une fête? Une fête, vraiment? T'as entendu parler d'une fête, Robert? T'as vu le permis, oui ou non?

— Pas du tout, à moins qu'il ne soit mystérieusement disparu en fumée avant que je puisse mettre la main dessus.

— C'est bien ce que je pensais. Pas bon, tout ça, pas bon, hein, Robert?

— Sûr, sûr.

Et ils sont repartis lentement en laissant ces menaces planer dans l'air comme un faucon sur un lapin de garenne. L'air se polluait de mauvaise foi. Quelques clients, nouveaux arrivants qui avaient assisté à ces conciliabules douteux, se tortillaient d'inconfort. Le bouche à oreille leur avait pourtant fait miroiter la convivialité et le côté désinvolte qui régnait autour de la cantine de monsieur Gaspard. On leur avait vanté le contraste éloquent avec l'habituel climat malsain où tout le monde se tient sur ses gardes, en train de réviser son catalogue d'interdictions. Au lieu de la bonne humeur détendue qu'ils venaient flairer, ils avaient la désagréable impression de retrouver à échelle réduite le même désolant expédient commercial qu'on leur sert ailleurs. Monsieur Gaspard avait beau claironner ses «Bien le bonjour!», la mayonnaise ne levait pas. Les interventions suspicieuses avaient terni l'ambiance. Ils avaient accompli du bon travail, nos dévots du droit chemin.

Alex ne décolérait pas, au point où j'avais presque envie de sourire tant il prenait ça à cœur, même si je m'attristais autant que lui de ce passage d'un banc de requins. Comme ces redoutables sélaciens, je craignais qu'ils ne vident la plage de ses vacanciers. Il faudrait trouver un moyen de redresser la barre.

De fil en aiguille, je me suis demandé si une petite campagne publicitaire ne pourrait pas épauler Gaspard, histoire de corriger les légers dérèglements qui pointaient au large. J'ai soumis l'idée à Alex. Il m'a alors appris que lui-même avait déjà exploré cette avenue.

— J'ai parlé de Gaspard l'autre jour dans un blogue. Mon ton dithyrambique a suscité pas mal de commentaires. Une cantine ambulante apparaît à certains comme un anachronisme pittoresque, un artefact des temps révolus, une résurgence de nostalgiques antimondialistes ou de rescapés hippies. Mais, pour moi, il s'agit au contraire d'un signe avant-coureur pour le jour où les gens seront saturés des produits chinois platement uniformes et des commerces tous calqués sur le même modèle du service bâclé et incompétent, dans des décors bruns éclairés au néon. Quand on en aura assez de subir jour après jour le même médiocre café, couleur fond de culotte détrempé, peu importe l'endroit où on le commande, alors, il y aura des petits futés qui se lanceront en affaires et proposeront des goûts inédits ou tout simplement oubliés. Je leur prédis du succès.

— Tu participes à des blogues? C'est quoi, au juste, cette mode? Je n'ai jamais vraiment eu l'occasion de m'y intéresser.

À l'époque, il faut dire, je n'y connaissais pas grand-chose. Aux yeux d'Alex, j'étais même déjà retardé!

— Comment? Toi, un illustre représentant commercial, tu ne connais pas les blogues, le porte-étendard d'Internet, cette fabuleuse porte d'entrée au village global?

— Pardon pour mon côté réactionnaire. Internet me sert tout juste à consulter les résultats sportifs.

— Incroyable, un survivant de l'âge de pierre… Bon, écoute. Imagine que ta compagnie ouvre un portail sur son site Web pour sonder la satisfaction de ses clients et pour recueillir leurs suggestions.

— Je doute que ce soit une bonne idée!

— La technologie permet maintenant à quiconque de rédiger un commentaire, immédiatement visible sur l'écran. Au lieu de procéder à de coûteux groupes de discussion ou à des dérisoires sondages de satisfaction, on laisse les gens s'inviter eux-mêmes à commenter. Les internautes peuvent réagir aux commentaires déjà émis et exprimer leur propre opinion. T'as pas idée des surprises que ça réserve.

— C'est bien typique de notre époque, ça, où le moindre péquenot s'improvise expert en la matière, peu importe laquelle… Parce que chacun a droit à son opinion, tout le monde veut être entendu. Malheur à celui qui ferme l'oreille, même si c'est pour parer au déluge de conneries.

— Allons, il faut plutôt voir ça comme l'exercice le plus achevé de la démocratie!

— Ouf! Permets-moi de me ventiler, le temps de retrouver mes esprits! Tu parles bien de démocratie, là, ce nouveau paradigme de la dictature des minorités? Où le premier imbécile venu peut faire obstacle à toute prise de décision, simplement parce qu'il n'est pas d'accord?

— Tu peux rire, mais grâce à Internet, fini l'ère de l'individualisme où chacun moisit sur son sofa à regarder des émissions débilitantes. Fini justement l'imposition d'une pensée édictée par les politiciens, sans qu'on puisse comprendre les enjeux. Il n'y a plus aucune raison d'ignorer ce qui se passe. Ceux qui le veulent peuvent maintenant se mettre en contact avec n'importe qui dans le monde, débattre des idées, s'informer sur tous les sujets, solliciter des avis, partager des passions, rencontrer l'âme sœur, échanger des maisons pour les vacances, participer à des projets de création collective, jouer aux échecs, c'est sans fin, quoi!

— Tu oublies les vidéos pornos de madame Gertrude en train de filmer ses ébats dans la cuisine pour un peu d'argent de poche…

— C'est ça, c'est ça, moque-toi. Tu ne pourras pas nier ce mouvement de fond qui nous sort des ornières du profit, des diktats de consommation qui ne profitent qu'aux banquiers! Tu parles de vidéos. Bien sûr, il y a de la pornographie. Des jeunes filles tellement à poil qu'on se demande ce qu'on a pu leur promettre pour qu'elles s'exhibent ainsi. Mais il y a d'autres modes. Tu ne connais pas ces sites d'hébergement où chacun peut placer ses productions filmées et les soumettre au monde entier? Certains se sont fait connaître de cette manière et peuvent aujourd'hui mener une carrière digne d'intérêt grâce à cette porte d'entrée.

— Le syndrome parfait du non moins parfait inconnu qui réussit à émerger de l'anonymat grâce à la plus grande plage naturiste du monde, j'ai nommé Internet et ses régiments d'exhibitionnistes! Internet, l'actualisation modernisée du quinze minutes de gloire dont parlait Warhol et qui attire tous les réprimés de l'ego comme des mouches par le miel. La belle affaire. Je dois reconnaître qu'il y a tout de même un mérite à cette titillation d'amour-propre, c'est que ça développe l'imagination. Que penses-tu de ce génie d'originalité qui a diffusé son clip vidéo sur Internet dans lequel il porte une perruque orange et fout des coups de pied au derrière des passants? Du grand art, y a pas à dire… De quoi changer la face de la terre.

— Tu déformes tout…

— Ah oui? Et ceux qui s'amusent à provoquer un pauvre innocent en le filmant à son insu et qui publient ensuite l'épisode pour mieux le discréditer et ruiner sa réputation? Ou, pire, ceux qui assassinent réellement une personne réellement vivante en diffusant cette réelle atrocité en direct?

— Bon, évidemment, on ne peut, hélas, rien

contre les dérapages. Aucun système n'est à l'abri des déviations, même aussi horribles, peu importe les lois en vigueur. Il y a de quoi se tirer une balle, j'admets. Mais je ne crois pas qu'on doive balayer pour autant l'extraordinaire réseau d'échanges qui profite à la majorité des participants.

— Non, sans doute. Je me demande par contre à quoi sert de placer sa photo du David de Michel-Ange sur Internet quand il y a déjà plus de deux mille clichés à peu près identiques sur le même site de diffusion.

— Il n'y a rien de mal à publier ses souvenirs. On les partage à distance avec sa famille et ses amis quand on vit à l'étranger. Ces façons de faire en sont encore au stade du balbutiement, mais elles vont révolutionner notre manière de considérer le monde, je te le garantis. Tiens, t'as entendu parler des encyclopédies en ligne?

— Oui, il m'est arrivé de consulter quelques articles dans Wikipédia.

— Alors, t'es pas impressionné par cette somme monumentale de savoir que tout le monde peut enrichir à sa guise, sur tous les sujets, sans restriction? T'es expert en culture des cacahuètes ou en topographie lunaire, tu ouvres un nouvel article et voilà! Tous les passionnés du sujet pourront profiter de tes connaissances.

— Sans parler des âneries ou des déformations qui entachent la crédibilité des articles.

— Il y a toujours de sombres crétins partout. S'amuser à introduire des erreurs pour prouver les limites de la collaboration volontaire relève d'un pathétique manque de jugement. Chaque fois, ça me démontre la bassesse du genre humain. On a la chance d'avoir à portée de main la mise en commun d'un savoir illimité, et il faut que de pauvres gorets s'adonnent à du sabotage. Mais, malgré ça, je te mets au défi de trouver si rapidement ailleurs une information, la grande majorité du temps parfaitement crédible.

J'avais beau me faire l'avocat du diable, histoire de taquiner Alex, une idée s'insinuait en moi tandis que j'écoutais son vibrant plaidoyer pour un humanisme virtuel. Et si j'agissais pareil? Et si je diffusais mes photos et mes vidéos de la cantine de monsieur Gaspard? J'étais d'avance sceptique quant aux résultats, mais Alex avait réussi à semer le doute. Peut-être que l'entreprise ne serait pas complètement futile comme une ridicule bouteille jetée dans un océan d'âmes seules. Peut-être même que ça pourrait élargir sa clientèle, consolider sa petite affaire et le mettre à l'abri des casse-couilles qui pointent inévitablement le nez quand quelqu'un suscite un intérêt.

En revenant chez moi, gonflé du précepte «Qui ne risque rien n'a rien», j'ai approfondi ma maigre connaissance d'Internet en publiant mes photos et mes vidéos de monsieur Gaspard et de sa cantine. J'ai raconté dans la foulée la petite histoire du quartier depuis cette apparition, avec des commentaires sur chaque photo et sur chaque vidéo. J'ai parlé du prix symbolique de la toupyne offerte comme une faveur dans de véritables assiettes et avec de véritables ustensiles. J'ai décrit ce plat à la composition toujours secrète, au point de me faire saliver moi-même, et le plaisir soutenu de le savourer comme s'il goûtait chaque fois différemment. J'ai tracé un portrait enthousiaste de l'appropriation du coin de rue par les voisins, de l'ambiance terrasse ensoleillée avec parasols et petites tables, des musiciens qui se produisent quelquefois à l'improviste, simplement parce qu'ils passent dans le coin et qu'ils se laissent séduire par le lieu, du petit Tom et sa bouche édentée, de la fête organisée pour monsieur Gaspard et pour multiplier les occasions de rencontres, des clients qui s'alignent sagement en file, simplement heureux d'être là et d'échapper à la tyrannie de l'horloge, du soir de l'incendie et du resserrement des liens que le drame a provoqué chez les habitants du quartier.

Du coup, j'ai joint les rangs des cohortes qui

communiquent par les moyens électroniques et qui cherchent à se persuader qu'ils ne sont pas de dérisoires nullités dans l'immensité de la planète. J'aimais vraiment beaucoup monsieur Gaspard. Je souhaitais lui offrir un sympathique clin d'œil – même d'une façon en apparence si anodine – et partager les témoignages que j'avais recueillis. Je ne voyais pas ce qu'il y avait à craindre, outre une minime perte de temps, de ce petit salut à son entreprise de cordialité et de succulente bouffe. Avec ce geste de bonne volonté, j'espérais laisser une trace de son passage, contribuer à renforcer sa position, si jamais ce moyen avait quelque chance d'y parvenir. Dans le pire des cas, je me disais que mon petit exposé sur Gaspard se noierait dans le foisonnement d'informations et qu'on n'en parlerait jamais. C'est le lot général, mais rien n'empêche d'essayer. D'ailleurs, il n'y avait aucun récif en vue. Un parcours de plaisancier sans péril. Un petit bonheur à bon compte, quoi. Celui d'agir et peut-être de se sentir utile. Ce n'est pas tous les jours.

CHAPITRE 13

Alex n'a pas raté si belle occasion de débiter un chapelet de moqueries quand je lui ai raconté qu'à mon tour j'étais sorti du placard et que j'avais intégré sa grande communauté d'internautes idylliques. Mais après avoir consulté ma contribution, comme je l'avais invité à le faire, son ton a changé. Il s'est même déclaré franchement impressionné. Ses railleries ont fait place à son exultation des bons jours.

— C'est formidable! Tes photos sont superbes! J'adore celle de Gaspard sous son auvent, le sourire imprimé dans le visage et qui tend la main pour tâter la pluie. Et tes vidéos, alors? Ce petit couple qui danse sur de la musique rap. Tordant et tellement émouvant! Du beau travail!

— Bon, merci. Reste à espérer que tu n'en demeures pas l'unique admirateur!

— Le bouche à oreille, y a que ça qui marche.

Suffit juste d'en parler. Pas besoin de slogans débilitants. Les publicitaires ne le comprendront jamais.

Au même moment, Diya attrapait son assiette de toupyne des mains de monsieur Gaspard.

— Voilà, mademoiselle. Comme tu l'aimes, avec un soupçon de *garam masala.* Juste pour toi, comme on dit.

Elle a gracieusement remercié d'une petite courbette après avoir versé trois dollars dans la paume de Gaspard. Puis, elle est venue s'asseoir à notre table, en face de moi. C'était la première fois que je la contemplais de près. Il faut un certain temps pour s'accoutumer à des traits si différents des standards blondinets d'usage. Une fois l'adaptation faite, cependant, je dois admettre que je la trouvais ravissante. Une peau parfaite, couleur cassonade, lisse comme de la cire, des yeux d'un noir aussi intense que les cheveux, un regard aux paupières mi-closes, comme pour retenir un trop-plein de souvenirs et de pensées. J'aimais les longues robes colorées qu'elle portait encore traditionnellement, la tête recouverte d'un léger voile. Encore plus étonnant était de la voir manger sans ustensiles. Elle plongeait dans l'assiette les doigts de sa main droite repliés comme une cuiller et se les introduisait ensuite directement dans la bouche. Effet garanti pour détourner les regards. Il y a des habitudes qui ne se perdent pas facilement, je suppose, mais je ne détestais pas l'idée. Après tout, je dévore bien encore mes pilons de poulet à deux mains! Je ne connais rien de plus commode.

Le petit Tom avait repris l'école. Sa présence enjouée me manquait. Constamment harcelé par son téléavertisseur en émoi, Andy n'avait plus le temps de se mêler à nous. Mélany, qui avait rangé son violon, ne manquait pas de venir saluer Gaspard chaque soir après avoir ramassé son fils à l'école. Écrasés par un soleil qui livrait un baroud d'honneur avant de faire place à la grisaille de l'automne, nous tenions une conversation languissante, dans le banal registre d'«Il fait beau, aujourd'hui». Diya, appliquée à finir proprement son assiette, se tenait un peu en retrait. Elle nous accompagnait dans un excellent français avec de brefs commentaires. Son bel accent chantait dans les aigus comme un doigt frotté sur un verre de cristal. À un moment, elle m'a demandé si elle pouvait avoir une gorgée de la bouteille d'eau que je traîne toujours avec moi.

— Bien sûr. Tiens, prends tout.

Je lui ai tendu la bouteille.

— Merci à toi. Tu sais que, dans mon pays, la croyance tamoule prétend que celui qui refuse de donner de l'eau à quelqu'un qui en demande renaîtra en lézard dans sa vie suivante?

— Je l'ai échappé belle! J'aurais été malheureux en hiver!

Alex regardait sa femme avec un étonnement amusé que je devinais être celui qu'il lui réservait depuis leur rencontre. On percevait sans peine sa fascination pour une culture si différente, si à l'opposé de la nôtre, aussi riche et complexe qu'insondable. Fort de l'ouverture qu'elle m'offrait, j'ai laissé libre cours à ma curiosité.

— Au fait, d'où viens-tu, Diya?

— De Chennai, en Inde, l'ancienne ville de Madras. Une monstrueuse agglomération de six millions d'habitants située au bord de l'océan et qui trouve pourtant le moyen de manquer d'eau. Une véritable catastrophe.

— Manquer d'eau? C'est la sécheresse?

— Pas seulement. Le système des aqueducs est complètement déficient, et il n'y a pas d'argent pour l'entretenir. Le débit des rivières est anémique. La plupart des puits, à force d'être creusés toujours plus profond, ont fini par être contaminés par l'eau de mer, quand ce n'est pas par la pollution ou quand ils n'ont pas été carrément épuisés. Les réservoirs d'eau se vident par manque de pluie. La pénurie s'aggrave au point que trouver de l'eau est devenu un esclavage quotidien, une fuite en avant pour survivre.

— Pas possible… Et on en trouve quand même?

— Pour ça, il faut s'approvisionner aux citernes. Six mille camions les remplissent quotidiennement en allant chercher l'eau à plus de cent kilomètres de la ville. Les femmes font la file avec des jarres en plastique. Elles endurent le soleil durant de longues heures pour quelques litres d'eau. Elles n'ont pas le choix. Souvent, l'eau des robinets n'est plus potable, et la rare eau de pluie recueillie dans des réservoirs installés un peu partout ne suffit pas aux besoins. Je me souviens de ma mère désespérée des plats gâchés par une eau impropre. Je ne parle pas des dysenteries à répétition qui me clouaient au lit des journées entières. Je buvais des jus de fruits pour étancher ma soif, mais ils coûtaient cher. Alors, je n'en avais pas autant que je le réclamais. La langue sèche, je connais. Le manque d'eau alimente toutes les conversations chez nous, un peu comme le froid ici.

Diya a alors commencé à détailler cette hantise permanente. Des études sont déposées chaque semaine. Des discussions interminables paralysent les décisions, sans grand résultat. Tout le monde veut placer son mot, et les débats s'enlisent au lieu de conduire à des actions. Les initiatives finissent souvent par se retourner contre les bonnes intentions de départ. Plus personne n'ose prendre ses responsabilités de peur d'ouvrir la porte à une nouvelle déconfiture et de perdre son poste.

— Je pense à mon oncle qui vivait à la campagne. Pauvre lui. Il irriguait son champ grâce à un puits qu'il avait creusé de ses mains. Il vivotait ainsi de ses maigres récoltes, année après année, mais au moins, il pouvait assurer la subsistance de sa famille. En fait, j'ai passé toutes mes vacances chez lui pour l'aider à semer, à nettoyer et à récolter. J'adorais ces séjours sur sa terre, même si l'inquiétude permanente de mon oncle finissait par déteindre sur moi. Je me souviens à quel point il était obsédé par son puits puisque, sans cette eau, il se savait condamné à la ruine. Sa survie matérielle dépendait de ce trou dans le sol.

Mais voilà, à un moment, les autorités ont émis une directive fatale : ils ont permis aux paysans de vendre l'eau de leur puits privé pour augmenter en eau potable les sources d'approvisionnement de la ville. Il est bien sûr arrivé ce qui devait arriver. Même son oncle, qui connaissait pourtant la valeur capitale de son puits, a succombé aux mirages de la richesse facile. Il en tremblait de cupidité. Il a fini par perdre toute notion de prudence, lui qui ne cessait d'inculquer à Diya la façon de poser le pied pour éviter la morsure d'une vipère. Il s'est endetté jusqu'au cou pour acheter de l'équipement de forage et de pompage avec lequel il acheminait l'eau au réseau public, l'espoir inscrit au front d'échapper enfin à sa misère paysanne. L'oncle était devenu méconnaissable. Il refusait de répondre aux questions. Obnubilé par l'argent, il ne voulait rien entendre des inquiétudes de son entourage. Pourtant, à voir l'eau sortir à plein jet de son puits, on pouvait craindre qu'il n'en reste plus pour ses cultures. Il s'entêtait pourtant à creuser toujours plus profond. Il semblait avoir effacé de ses priorités la valeur essentielle de cette eau. Il ne la considérait plus que comme une vulgaire monnaie d'échange, sans tenir compte de ce qu'elle représentait pour sa ferme. Dans cette course à bride abattue, il enfouissait au plus profond de lui-même son angoisse de se réveiller un matin avec un puits tari, complètement à sec. Il s'acharnait, sourd aux signaux de plus en plus évidents.

Bientôt, l'eau puisée s'est colorée de teintes boueuses. L'oncle de Diya devenait soucieux, l'inquiétude gravée au front. Il ne dormait plus. Il se levait la nuit pour vérifier ses installations. Pourtant, il continuait de foncer tête baissée, toujours imperméable aux signaux. Il était trop tard pour reculer de toute manière. Les créanciers le talonnaient déjà. La vente de son eau ne lui rapportait pas autant que prévu, sans compter le temps que mettaient les autorités à acquitter leurs comptes. Chaque jour, l'étau se resserrait sur lui.

— Ma tante et mon cousin se sont laissé gagner par l'affolement. Ils ne cessaient de harceler le pauvre homme, le poussant à bout, le pressant de questions. Les cultures, insuffisamment irriguées, commençaient à souffrir de sécheresse. Ma tante arpentait les champs en se lamentant. Elle devinait sans peine, avec son bon sens maternel, qu'ils se ruaient tout droit vers le précipice.

Et puis, un matin, un grand cri, son oncle qui tapait sur la pompe comme un forcené dans l'espoir qu'elle soutire encore un peu d'eau. Rien à faire. Le puits était à sec et il l'est toujours demeuré, même lors de la mousson. Il a revendu tout l'équipement, ce qui lui a permis de rembourser le solde de son prêt. Mais ses cultures étaient pratiquement ruinées et il n'avait plus d'eau pour y remédier. Alors, il a imité les autres paysans pris à la gorge comme lui : il a dérivé les aqueducs publics pour irriguer ses terres, aggravant la pénurie d'eau dans Chennai, alors qu'au départ toute l'opération avait pour but d'améliorer l'approvisionnement. Bien entendu, il a fini par être démasqué et il a dû s'enfuir, lui et sa famille, abandonnant sa maison et ses terres où plus rien de valable ne poussait.

— Eh bien… Il y a des sorts qu'on ne soup-çonne pas.

— C'est à cause de lui que je me retrouve ici

aujourd'hui. N'ayant nulle part où aller, mon oncle a débarqué chez son frère, c'est-à-dire mon père. L'hospitalité ne se refuse pas. Il s'agit d'une tradition sacrée.

Mais la minuscule maison ne convenait pas à cette cohabitation forcée. C'est pourtant ce qui s'est passé: vivre entassés l'un sur l'autre, en étouffant la tension qui donnait des envies de meurtre. La situation devenait invivable. Aussi, quand Diya a eu dix-huit ans, son père l'a convoquée et lui a fait part de sa décision: sa fille partait la semaine suivante s'établir au Canada. Un des plus gros chocs de sa vie.

En fait, le père de Diya voulait dire le Québec, puisqu'on y parle français. Depuis plusieurs générations, la famille se faisait un point d'honneur d'apprendre parfaitement cette langue, sorte de pied de nez aux colonisateurs anglais. Diya n'y avait pas échappé. À la maison, les membres de la famille conversaient souvent en français. Elle aimait ces discussions dans une autre langue. C'était comme partir en voyage sans se douter qu'un jour cette impression deviendrait réalité! Un bon ami de la famille avait quitté le pays pour s'établir au Québec, justement parce qu'il maîtrisait le français, ce qui avait simplifié son cheminement dans le dédale bureaucratique de l'immigration. Il était toujours demeuré en contact avec le père de Diya par une correspondance régulière. Devant ses difficultés et pour lui venir en aide, il a offert de plaider pour un membre de la famille et de l'accueillir après avoir obtenu un visa. En tant qu'aînée, Diya était la plus apte à faire le saut dans le vide, même si elle n'était pas du tout préparée à larguer le seul monde qu'elle connaissait. Et comme elle avait refusé toutes les demandes en mariage, son père a trouvé ce moyen pour la faire partir et ainsi alléger le fardeau familial. Il n'était pas question pour elle de contester la décision paternelle à qui chaque enfant doit l'obéissance la plus respectueuse. Elle devait plutôt s'obliger à y voir une chance inespérée offerte par les dieux. Dure adaptation.

— Il n'y a pas une journée sans que je m'ennuie de mon pays, malgré sa misère et ses injustices. Mais, en contrepartie, j'ai rencontré un amoureux avec qui j'ai eu un enfant le plus précieux qui soit. Je me suis acclimatée tant bien que mal, même si je refuse de délaisser mes traditions qui me fournissent un équilibre. Et puis, je suis heureuse ici. Entre autres, de boire enfin à ma soif.

— C'est un bilan un peu tiède…

— Ce n'est pas un bilan, c'est un état des faits très sommaire. Il faut comprendre que mon départ de la maison a ouvert de profondes brèches en moi. Je ne les ai pas encore totalement colmatées.

J'aimais ma famille plus que tout. Et même si je me suis sentie rejetée, je sais que mes parents m'accueilleraient à bras ouverts et que mon exil est aussi éprouvant pour eux qu'il l'est pour moi. Je sais surtout qu'ils ont voulu m'extraire du cauchemar dans lequel eux vivent toujours. Et en ce sens, je leur suis reconnaissante, puisque ma vie ici ressemble à un paradis comparée à la leur. Un jour, pourtant, je retournerai leur présenter Alex et David-Mahadeo qu'ils rêvent de rencontrer. Ce jour-là, il y aura festin, même si mes parents doivent y laisser toutes leurs économies, comme ils ont déjà dû le faire pour défrayer les coûts du voyage.

Diya a serré la main d'Alex. Elle était livrée à ses pensées et à ses combats intérieurs pour soupeser les pour et les contre de cette existence loin des siens. Alex ne disait rien, mais, en dépit de son apparence physique un peu rébarbative, il se savait profondément apprécié de Diya, et il était évident que leur attachement l'un envers l'autre reposait sur des fondations solides.

— Et cet ami de la famille, alors? Est-ce qu'il t'a accueillie?

— Amitabh m'attendait à ma sortie d'avion, après un vol atroce, pendant lequel j'ai vécu en permanence un véritable état de terreur. Je n'ai pu dormir une seule seconde.

Sa seule préoccupation durant ce baptême de l'air a été de réprimer ses hurlements de peur, surtout quand un soubresaut faisait croire que l'avion allait tomber en vrille et s'écraser au sol. De temps en temps, elle regardait les gens autour d'elle et se rassurait de les voir dormir si paisiblement, comme une simple sieste durant les chaleurs de l'après-midi. Encore traumatisée par cette séparation si déchirante à l'aéroport, Diya partait vers l'inconnu. Toute la famille savait que c'était la seule solution, mais elle avait beaucoup de mal à y souscrire. Son père pleurait à chaudes larmes. Il maudissait son sort qui le forçait à se séparer d'un membre de sa famille, de sa fille aînée qu'il adorait. Sa mère l'a quasiment étouffée en la serrant dans ses bras. Elle lui avait préparé un petit panier de *gulabjamans*, des petits gâteaux parfumés à l'eau de rose qui ont d'ailleurs été confisqués à son passage à la douane où on la regardait d'un drôle d'air. Il faut dire que Diya ne payait pas de mine après plus d'une journée sans dormir et rongée par d'étouffantes crises d'angoisse.

Au moins, son départ a effectivement redressé la situation. La famille de son malheureux oncle s'est installée dans l'ancienne chambre de Diya où ils ont gagné un peu d'intimité. Cet oncle s'est d'ailleurs trouvé un travail depuis : vendeur itinérant de légumes. Il apporte sa contribution à la marche de la maison. De son côté, Diya a eu beaucoup de chance. Amitabh s'est comporté en véritable père. Lui et sa femme, Vayyam, l'ont hébergée et traitée comme leur propre fille. Elle leur rend encore visite chaque semaine et ne manque jamais de leur apporter un petit cadeau pour leur exprimer sa gratitude.

— Ils t'ont facilité l'adaptation.

— Le mot est faible. Rien n'allait de soi au départ. Le froid, d'abord, comme pour tous les immigrants. J'arrivais en plein mois de janvier. Inutile de parler du choc. J'étais en sari et en sandales! Heureusement, Amitabh avait prévu le coup. Il m'avait apporté des vêtements chauds et des bottes que j'enfilais pour la première fois de ma vie. J'avais peine à marcher. Mais même bien vêtue, j'ai failli m'évanouir quand le vent glacial m'a frappée en plein visage en sortant de l'aéroport. Pour moi, le froid était une découverte. Je ne connaissais même pas les glaçons avant d'aboutir ici. Aujourd'hui, je parviens à trouver des qualités à l'hiver, surtout quand on va glisser sur des pentes de neige. Ça vaut bien quelques engelures.

— Tu devrais essayer le patin.

— Un problème à la fois!

C'est ce qu'elle se disait au fur et à mesure qu'elle ouvrait, les uns après les autres, les multiples tiroirs de sa nouvelle ville. La première fois qu'elle a accompagné Amitabh et Vayyam à l'épicerie, elle en est sortie comme si elle venait de passer trois heures dans des montagnes russes.

Diya n'avait jamais manqué de rien dans sa famille, à part l'eau, mais une telle abondance de viandes, de fruits, de légumes, de mets inconnus en boîte et en sac constituait une découverte ahurissante. Même quand elle feuilletait des revues sur l'Occident, elle n'avait pas pris conscience de la démesure qu'elle découvrait, allée après allée. Le panier d'épicerie à lui seul aurait pu contenir l'intégralité de tous ses biens personnels. Dans son pays, elle était habituée à demander au marchand chaque aliment qu'elle désirait acheter. Ici, il lui fallait toucher chaque fruit et le mettre dans un sachet de plastique, faire des choix et empiler ses achats dans un panier. Chaque fois, elle ressentait une réserve instinctive à agir ainsi, à se servir comme si tout lui appartenait. Le fait de ne pas pouvoir discuter avec le marchand la trouble encore, avec cette désagréable impression d'agir comme une voleuse.

Sans compter la barrière de la langue. Diya avait beau parler un français impeccable, encore fallait-il décrypter l'accent d'ici. Adaptation bien plus critique que prévu, ce qui n'a fait qu'ajouter à son désarroi. Elle comprenait à peine un mot sur deux! Paniquée, comme si elle avait besoin d'une raison supplémentaire, il lui arrivait de passer des soirées à pleurer de découragement. Elle pestait, criait à Amitabh: «À quoi ça leur sert de prétendre qu'ils parlent français si on ne comprend rien à ce qu'ils disent?» Elle ne parvenait pas à s'habituer à ces phrases de trois mots déformés, ces énoncés laissés en suspens comme si on s'égarait en chemin. Non, elle ne savait pas ce qu'on voulait dire! Amitabh et Vayyam prenaient le temps de la consoler. Ils lui expliquaient la question des accents, des patois régionaux. Ils comparaient avec leurs innombrables dialectes en Inde. Ils disaient qu'elle finirait par s'habituer. Et puis, pour l'aider, ils l'ont inscrite à des cours d'intégration. C'est là qu'apparaît Alex.

— Ah! Nous y voilà!

— Eh oui, il y a un début à tout! Alex a été mon professeur. Il m'a non seulement permis de me dépatouiller dans le jargon d'ici, mais il a tout fait pour faciliter mon adaptation.

Diya avait tout à apprendre, s'orienter, emprunter les transports publics, payer ses achats, se chercher un emploi pour envoyer un peu d'argent à sa famille. Elle s'est retrouvée avec un groupe d'immigrants tous aussi déboussolés qu'elle. Alex a été formidable, faisant montre d'une patience admirable, malgré la diversité des langues, avec tous les membres du groupe. Il accordait à Diya l'attention dont elle avait désespérément besoin, tellement qu'ils sont graduellement tombés amoureux l'un de l'autre. Grâce à lui, elle a pu se trouver du travail, ce qui lui procure beaucoup d'avantages, même si ça l'oblige à se séparer de David-Mahadeo durant la journée. Et ça lui permet d'identifier ses repères, ce qui ne va pas de soi quand on arrive d'un pays aussi singulier que l'Inde.

— Alors, ça se passe bien, malgré tout?

— Il faut vraiment s'implanter ailleurs pour comprendre ce sentiment toujours un peu désolant d'être un étranger, d'être celui qu'on regarde toujours de biais et à qui on ne souhaite pas forcément la bienvenue.

On reproche souvent aux immigrants de ne pas s'intégrer, de demeurer terrés entre eux, de vivre en vase clos, méprisables parasites s'abreuvant aux crochets du pays qui leur tend ses bras soi-disant si généreux. En réalité, cette intégration se bute à beaucoup d'obstacles, à commencer par ceux-là mêmes qui devraient la favoriser. La plupart du temps, la bonne volonté y est, mais les réflexes sont bien ancrés. Même après deux ans auprès de ses collègues, certains apôtres de la bonne entente parlent encore à Diya comme s'ils s'adressaient à un écolier. Ils n'assimilent pas le fait qu'elle maîtrise souvent mieux la langue qu'eux-mêmes, à en juger le nombre de fautes dans les documents qu'ils font transiter entre ses mains. Sans mentionner les moqueries d'usage sous couvert de plaisanteries, comme ceux qui lui touchent le bras sans arrêt en lui demandant si elle appartient à la caste des intouchables. Sa discrétion est généralement perçue comme un symptôme de la répression dont les femmes seraient victimes dans son pays, au lieu d'y voir un simple trait de caractère avec lequel elle compose sans problème. Ses collègues taquinent sa pudeur, le fait qu'elle n'embrasse jamais Alex en public, par exemple. Ils croient qu'elle n'est pas « émancipée », comme on le chuchotait un jour près d'elle. Pourtant, à les écouter parler de leurs relations physiques, Diya est estomaquée de toutes leurs inhibitions, de leur peu d'intérêt, de leur passivité, de leurs idées tellement convenues.

— Tu encaisses le coup?

— Je ne me plains pas, car il y a moyen de faire la part des choses. Je me rends compte que les plus complaisants à mon égard sont ceux qui ont le moins voyagé. Il m'arrive de m'asseoir avec eux à la cafétéria et de leur décrire mon pays sous un autre angle que celui des clichés qu'ils connaissent. Le nombre de fois où j'ai entendu parler des vaches sacrées ne se compte plus!

Ils sont toujours étonnés, mais leur intérêt est

douteux, malgré leur attention polie. Alors, Diya en profite pour les questionner, pour essayer de les connaître un peu mieux, histoire de distinguer en quoi nous nous ressemblons et en quoi nous différons. Les gens aiment bien qu'on s'intéresse à eux. Chaque jour, elle découvre de nouveaux aspects qui s'intègrent graduellement aux principes auxquels elle croit. Au total, ce déracinement, malgré la peine qu'il lui cause encore, malgré le mépris dont on l'accable quelquefois, malgré le fait qu'elle ne pourra jamais se sentir complètement chez elle, lui confirme que, peu importe le temps qu'il reste à vivre, on peut toujours trouver des raisons d'avancer. Chaque jour, un émerveillement.

L'expérience de la vie de Diya à l'étranger me ramenait à mon bref séjour en Chine. Malgré le côté un peu protocolaire de ma mission là-bas, il m'est arrivé souvent depuis qu'un souvenir, une image, une odeur, un bruit surgissent tout à coup de ma mémoire et s'amusent à me surprendre. Plein de questions me viennent encore à l'esprit. J'espère y retourner un jour. Il me semble que je serai mieux préparé, que je résisterai mieux au choc d'une société si différente de la mienne. Je suis sûr que j'en retirerai un tonique pour longtemps à venir. C'est une véritable chance que de tels voyages soient à notre portée.

Monsieur Gaspard venait d'éclater de rire. Nous nous sommes tournés vers lui pour le regarder assurer son service avec sa cordialité habituelle. Gaspard forçait notre admiration par sa bonne humeur infaillible. Tant de bradeurs de babioles affichent la façade de circonstance sans faire l'effort de camoufler l'ennui que leur cause notre présence. Rares sont ceux qui savent intégrer le plaisir de ce qu'ils font avec la composition obligée envers les clients. Je trouve pathétique qu'il faille presque s'excuser en entrant dans une boutique, comme si on craignait d'importuner. Diya se livrait sans doute aux mêmes réflexions. Elle les a partagées avec nous.

— Cette cantine me rappelle les nombreux marchands itinérants de chez nous. Ils pullulent à tous les coins de rue. Le moindre client qui accoste un de ces marchands est traité comme un seigneur. Une solide relation de fidélité s'établit entre eux. J'avais l'impression d'être moins seule dans une ville trop grande pour mes moyens quand j'achetais ma galette de *papadum* chez Nilavan. Jamais il ne laissait sa pauvreté prendre la mesure de sa gentillesse. Et je garderai toujours un souvenir ému de son sourire attristé quand il m'a donné un *papadum* comme cadeau d'adieu. C'est comme Gaspard. On voit que ce qui importe avant tout, ce n'est pas tant l'argent, mais bien la compagnie de ses clients. Il agit pour les retenir, sans forcer la note, simplement parce qu'il apprécie se sentir entouré. C'est lui qui a pensé m'ajouter une pincée de *garam masala* quand je lui commande une assiette. Le genre de petites attentions auxquelles je suis très sensible. Tu devrais essayer d'ailleurs, c'est délectable!

Au même moment, un individu exalté a surgi en trombe à notre table. Il projetait des regards dans toutes les directions comme s'il venait d'égarer un billet de loterie gagnant ou sa bouteille de Prozac. Il a observé monsieur Gaspard quelques secondes, les deux bras toujours en appui sur notre table, sans doute pour ne pas tomber tant il semblait énervé. Puis, il s'est incliné pour nous poser une question, sur le ton de la confidence :

— S'cusez, c'est bien ici, la cantine de Gaspard?

CHAPITRE 14

Sans le savoir, nous venions de voir atterrir l'éclaireur des troupes qui s'apprêtaient à déferler sur la cantine de monsieur Gaspard. Et tout ça pour quoi? Je ne vous le fais pas dire: à cause de mon petit laïus diffusé sur Internet. J'avais placé la mèche sur un baril de poudre auquel des illuminés allaient bientôt mettre le feu. Avec l'assistance d'un Alex survolté par cette confirmation éclatante de ses hypothèses, je n'ai pas mis beaucoup de temps à suivre le fil conducteur qui a hissé la cantine mobile, en quelques semaines à peine, au sommet du palmarès de la gloire et de la popularité.

Comme j'avais signalé mon adresse électronique dans mon petit dossier sur Gaspard, des messages ont commencé à affluer dans mon courrier. Pour la plupart, il s'agissait de commentaires sympathiques, félicitations d'usage, suggestions d'amélioration, témoignages complémentaires. Certains voulaient en savoir davantage. Ils posaient des questions sur des aspects que je n'avais pas couverts ou auxquels je n'avais pas pensé. Je m'empressais de répondre, ravi de cette communication virtuelle ouverte et sans visage, conformément aux préceptes qu'Alex prêchait avec une touchante conviction. Je m'amusais comme un enfant dans un magasin de jouets en libre accès. Bientôt, cependant, je me suis rendu compte que le nombre de missives reçues suivait une courbe parallèle au nombre de visiteurs de mon site. Et ces deux nombres ont rapidement pris des proportions vertigineuses.

Plusieurs blogueurs rédigeaient leur appréciation directement sur le site et se donnaient apparemment comme mission de le faire connaître et d'en répandre la bonne nouvelle. Ils ne tarissaient pas d'éloges, maniant les exclamations autant dithyrambiques que saugrenues : « Incontournable ! À voir absolument ! Enfin, le capitalisme ramené à l'échelle de l'homme ! Super, genre sympa ! Trop pas poche ! *Full cool !* » D'heure en heure, ma boîte de réception enflait dangereusement. Au bout de quelques soirées consacrées à ouvrir, à lire et à répondre à d'innombrables messages, soirées dont je sortais lessivé, j'ai pensé qu'il était temps de mettre une sourdine à mon sens du devoir qui me pousse à toujours répondre à une lettre ou à un message.

J'étais d'autant plus encouragé à ralentir la chaîne de production que certains correspondants poussaient le bouchon un peu loin. Beaucoup insistaient lourdement pour que je leur fournisse la recette de la toupyne. J'avais beau expliquer que je l'ignorais, que monsieur Gaspard gardait jalousement ce secret pour lui, je me faisais en retour copieusement injurier, ce qui ne contribue pas à une humeur au beau fixe. Mais l'engrenage tournait à fond de train, et ce n'était pas ma bouderie qui allait enrayer le mécanisme.

Un reportage télévisé en a fait son sujet en l'émaillant de quelques bouffées nostalgiques «sur ces petits commerces d'antan à saveur humaine». Le tout agrémenté de commentaires enthousiastes pris sur le vif: «Ouais, cé bon, t'sé quoi!» Un éditorialiste, enchanté par son expérience à la cantine, en a profité pour lancer un débat et effectuer une sortie virulente contre les entraves municipales et les fonctionnaires tatillons qui contrecarrent les sympathiques initiatives. Il comparait avec New York, cette ville pourtant démesurée qui, elle, autorise l'exercice des commerces ambulants, passant sous silence que les permis d'opération coûtent des dizaines de milliers de dollars et qu'ils font l'objet d'une concurrence féroce et impitoyable. Des reporters brandissaient leur micro devant Gaspard aux fins d'un article et recueillaient des bribes de conversation comme une parole d'évangile. Je voyais régulièrement des chroniqueurs venir se placer devant la cantine pour décrire la météo du jour, sans jamais oublier de faire allusion «à la délicieuse toupyne, peu importe le temps!» Une tribune téléphonique en a fait la dispute du jour: «Faut-il autoriser les cantines ambulantes?», débat qui a donné lieu au délire verbal habituel, faisant même de monsieur Gaspard la figure de proue symbolique pour une légalisation moins abusive et pour un «commerce équitable et libre».

Comme Alex l'avait anticipé, l'étrange phénomène du bouche à oreille s'est mis à gonfler comme un torrent en crue, entraînant dans son sillage un cortège de curieux et de fouineurs, chaque jour plus nombreux. Monsieur Gaspard, au-delà du fort capital de sympathie dont il jouissait dans le quartier, s'est mis à faire salle comble. De jour en jour, des attroupements plus nombreux s'agglutinaient autour de la cantine. Des individus, qui n'avaient rien de mieux à faire pour s'occuper, demeuraient plantés là, admirant Gaspard à l'œuvre, applaudissant les bons mots, s'abreuvant aux anecdotes racontées. *Le Marchand de toupyne* devenait le titre d'une pièce de théâtre qui attirait des spectateurs alléchés autant par cette comédie de boulevard que par la désormais célèbre recette. Un véritable feuilleton télévisé, grandeur nature et en direct!

D'abord amusé par cet afflux d'intérêt, Gaspard a su conserver le sens de l'à-propos. Il émettait des commentaires humoristiques à voix haute, puisait dans son arsenal de bonnes blagues, se permettait quelques facéties quand un client, le regard chaviré, recevait son assiette de toupyne comme un don du ciel. Conscient de l'attention dont il était l'objet, flatté comme n'importe quel acteur débutant porté aux nues, il en venait à cabotiner, désireux de ne pas décevoir son public et de préserver ses faveurs. Un midi, il a même placé un chapeau par terre derrière lui, en signe d'ironie.

— À votre bon cœur, m'sieurs, dames!

Le soir venu, quand il s'est retourné pour ramasser son chapeau avant de fermer boutique, il a eu la surprise de sa vie en constatant qu'il débordait de billets!

J'observais la scène de ma fenêtre, aussi incrédule que monsieur Gaspard de tous ces feux de la rampe braqués soudain sur lui, de ce vent d'attention qui s'amplifiait chaque jour et qui décoiffait de plus en plus. À croire que, dans cette ville où, il est vrai, rien de notable ne se passe vraiment, la cantine de Gaspard apparaissait comme un prodige tombé du ciel pour égayer enfin la morne allure des obligations quotidiennes, pour stimuler comme une électrode le nerf de la curiosité insatisfaite.

Je n'osais plus me rendre aux abords de la cantine. J'en étais réduit à saluer Gaspard de loin et c'est à peine s'il agitait la main. Les clients s'empilaient sur les tables, la file d'attente s'allongeait maintenant jusqu'à trois coins de rue, avec l'espoir accroché au visage de parvenir à Gaspard avant l'épuisement des stocks. Des voitures roulaient au pas pour profiter du spectacle, provoquant des bouchons et d'irritants klaxons. Les curieux, dépassant les bornes de la décence, s'approchaient toujours plus près avec une audace qui risquait de contrarier le service.

— Attention, reculez-vous un peu si vous ne voulez pas recevoir mon coude dans l'œil! Je vais finir par tomber dans les pommes d'être aussi coincé!

Monsieur Gaspard se cramponnait au terrain de la plaisanterie, mais je remarquais que ses sourires devenaient plus crispés. C'est que, chaque jour, la marée de la rumeur publique rejetait son lot de crabes autour de la cantine. Pour la première fois depuis son arrivée, des signes d'impatience agitaient la clientèle. Attirée par la curiosité de ce qu'on leur décrivait comme un moment d'anthologie, une foire itinérante dont il ne fallait rater le passage sous aucun prétexte, une attraction exceptionnelle dans le gris uniforme de l'économie marchande, cette nouvelle armada de consommateurs ne connaissait rien aux routines établies, aux fidèles amateurs de toupyne, aux braves gens qui avaient développé un lien d'amitié avec Gaspard, à l'atmosphère détendue et conviviale qui s'était graduellement implantée autour de la cantine, au lot d'habitués qui appelaient les initiatives du voisinage et qui créaient une chimie unique dans le quartier.

Les nouveaux venus ne faisaient que succomber aux clairons de la mode. Ils étaient tout ouïe aux échos de la tendance, assoiffés de faire partie du club élite des branchés. La toupyne, de simple plat santé sans prétention, devenait dans la bouche des aficionados un arrêt obligé, une béquille indispensable à l'équilibre mental, voire un moteur essentiel du bien-être. J'ai même lu un témoignage où on parlait de « renaître à la vie grâce à la toupyne »! Rien de moins, je vous jure! Les écologistes de toute tendance louangeaient au diapason « l'énergie propre et sans gras trans » du plat de Gaspard. Une émission consacrée à la cuisine a même lancé un concours pour tenter de percer sa composition secrète. Le prix pour la recette la plus ressemblante était une photo dédicacée de la cantine!

Gaspard et sa toupyne devenaient un incontournable phénomène public. Alors, forcément, devant un tel battage médiatique, devant ce qui miroitait sous leur nez comme une promesse d'extase, devant ce renversement des valeurs où une personne seule ramait à contre-courant des grandes surfaces et parvenait à redonner une dimension fraternelle au geste d'acheter, une impatience fébrile gagnait les convertis. Brûlant de rallier les rangs des élus du peuple qui pouvaient se vanter d'avoir savouré la fameuse toupyne, indifférents aux petits rituels qui commandaient le déroulement paisible d'une journée de Gaspard, paniqués par leur carnet de rendez-vous et par les signaux d'alerte de leur BlackBerry, ces touristes locaux n'acceptaient pas de devoir patienter sagement en ligne. Les inévitables comportements de resquillage, si communs aux troupeaux humains, ont commencé leurs méfaits, suscitant des grognements, des protestations, des prises de bec, des empoignades, des engueulades conduites dans les règles de l'art. La frustration prenait le relais du simple plaisir de chaparder un moment à soi pour déguster une assiette de toupyne et d'échapper ainsi au rouleau compresseur des heures.

Monsieur Gaspard était démonté. Il commençait à trouver la farce un peu lourde. Heureusement, la présence des policiers, dont Clotilde et Hubert enfin revenus de vacances, pesait sur le couvercle de la marmite qui risquait à tout moment l'explosion de tension. Ils canalisaient par leur simple présence les instincts déloyaux et primaires. Mais cet appui de l'œil de la police alourdissait le climat. Personne n'aime voir des policiers rôder. C'est comme si leur présence signalait un danger insoupçonné, une potentialité inconfortable ou une menace latente qui fait enfoncer le cou par crainte d'un coup dans le dos. La cohue publique quotidienne prenait d'ailleurs des proportions alarmantes et laissait un arrière-goût de plus en plus douteux. Si un reflux ne se produisait pas, la galère allait bientôt dériver en perdition.

Le voisinage, si réceptif à l'arrivée de Gaspard, haussait à présent le ton pour dénoncer le niveau de nuisance. Le bruit de la foule et des voitures qui faisaient le détour dans la rue, la saleté devenue incontrôlable, l'unique poubelle qui débordait constamment de déchets et que les éboueurs ramassaient avec une irritation mal dissimulée en reversant souvent la moitié du contenu à côté de la benne, la difficulté à sortir et à rentrer chez soi avec tout ce monde à contourner, les mécontents lésés qui n'avaient pu se procurer leur assiette et qui manifestaient bruyamment leur déception, tous ces dérapages suscitaient une grogne et des plaintes de plus en plus vives.

Évidemment, devant un tel accroissement de la demande, les réserves de Gaspard s'épuisaient à vue d'œil. Alors qu'il tenait habituellement la journée, il lui arrivait à présent d'être en rupture de stock dès le début de l'après-midi. Sa cantine avait beau posséder des compartiments secrets, à la capacité inconnue, comment satisfaire autant de becs affamés? Quand survenait le moment où Gaspard raclait les dernières miettes et annonçait la fin – souvent au moment où l'affluence battait son plein –, des clameurs de désapprobation rugissaient chez les laissés-pour-compte. Monsieur Gaspard, craintif, s'empressait de remballer son installation et quittait le coin, souvent sous les huées. Des entêtés se mettaient à le suivre, comme si le miracle de la multiplication des pains allait se produire. Monsieur Gaspard mettait un mal fou à les convaincre de revenir le lendemain.

Il n'a heureusement jamais commis l'étourderie de promettre qu'il y en aurait pour tout le monde. Mais, de ce fait, une file d'attente se formait dès les premières lueurs de l'aube, des clients décidés qui voulaient leur assiette de toupyne avec la même détermination que pour un billet au spectacle de résurrection des Rolling Stones. Or, monsieur Gaspard n'arrivait jamais à la même heure. Il n'avait d'autre horaire que celui de son bon plaisir, attitude louable qu'il lui devenait cependant de plus en plus difficile d'assumer. S'il avait le malheur de traînasser et de surgir au tournant de la rue plus tard que la veille, il était accueilli par des doléances acerbes et vindicatives : « C'est pas trop tôt ! On n'a pas que ça à faire ! Avoir su, j'serais pas venu ! Bien la peine d'attendre si longtemps ! Pour qui il se prend ? Y a pu de respect ! » L'ambiance devenait louche, comme un égarement accidentel dans un quartier mal famé.

Des petits malins, qui avaient suivi monsieur Gaspard lorsqu'il retournait chez lui, l'attendaient de pied ferme dès qu'il sortait de la remise où il rangeait sa cantine mobile. Ils espéraient se faire servir en priorité, avant que monsieur Gaspard ne rejoigne son emplacement habituel. Le marchand ambulant demeurait sourd aux supplications et aux assiettes tendues sous son nez, mais l'effort dépensé grugeait son capital d'énergie et d'entregent avant même qu'il ait pris position.

Dans ce contexte, la toupyne est rapidement devenue un enjeu majeur de convoitise. Il devenait impératif d'avoir fait partie des heureux élus de la cantine. On a même vu des vedettes de la chanson et du théâtre qui insistaient pour se faire photographier en train de s'empiffrer. De manière éhontée, elles mobilisaient monsieur Gaspard pour d'interminables séances dont le pauvre homme ne savait pas comment se dépêtrer. Il retrouvait ensuite sa photo en page couverture des magazines à ragots sans savoir quel sens donner à un tel étalage. Publicité gratuite qui lui attirait une nouvelle cargaison de vedettes en mal de visibilité. Et pendant que les photographes empêchaient monsieur Gaspard d'assurer le service, la file des pleurnichards prenait l'apparence des ruées de jours d'aubaine.

Des pots-de-vin éhontés, des commissions douteuses, des pourboires mirobolants firent leur entrée en scène. Monsieur Gaspard protestait avec véhémence contre ces tentatives culottées pour obtenir un service prioritaire. Ses fins de non-recevoir étaient accueillies avec des mines lestées de mauvaises intentions et des menaces à peine voilées. Un jour, j'ai aperçu un type en complet-veston et lunettes fumées sortir d'une limousine et venir commander une assiette en agitant une liasse de billets sous le nez de monsieur Gaspard, dans le but évident de court-circuiter la file d'attente. Le refus ferme et indigné de Gaspard a soulevé les applaudissements de la foule, mais le crissement de pneus de la limousine, qui repartait avec son chargement de rage et les mains vides, faisait légitimement craindre des représailles.

D'autres insolents et harceleurs en tous genres entamaient des tractations directes avec monsieur Gaspard pour l'inciter à devenir un partenaire d'affaires, pour obtenir une concession de toupyne, pour lancer un système de franchises, pour devenir associés ou fournisseurs exclusifs, pour lui faire vendre des boissons gazeuses, pour lui faire acheter des tables de pique-nique, pour commanditer la cantine en échange d'un affichage de logo, pour recevoir les droits exclusifs de la recette, pour offrir un contrat de sous-traitance, pour commercialiser la marque, pour publiciser son commerce sur des panneaux, pour lui vendre une gamme complète de régimes d'assurance, pour contracter des prêts à taux concurrentiel, pour agir comme comptable, pour la priorité dans les contrats d'exportation, pour des offres de placement des profits, pour une éventuelle incorporation en Bourse, pour rédiger sa biographie, pour l'inviter à *Tout le monde en parle*, pour être chef d'un soir au *Club 357*, pour le recevoir comme conférencier à la Chambre de commerce, pour assurer le service d'entretien de la cantine roulante, pour l'acheter à prix d'or, pour négocier l'acquisition de cette même cantine aux fins d'un éventuel écomusée consacré aux petits commerces.

Comment monsieur Gaspard faisait-il pour résister à cet envahissement de vandales du droit commercial, de barbares du profit à courte vue, d'ostrogoths bardés de diplômes d'avocat ou d'administration des affaires, je n'en avais pas la moindre idée. Il n'était plus disponible pour nous tenir la conversation. Lui-même se murait de plus en plus dans un mutisme songeur. Le délire auquel il assistait quotidiennement lui paraissait sortir en droite ligne d'une mauvaise émission de téléréalité. Il se sentait le dindon d'une farce de mauvais goût. La pression augmentait sans qu'il parvienne à ouvrir la soupape et sans qu'il sache où toute cette folie allait le mener.

Il m'arrivait encore, en périphérie de cette arène de cirque, de tomber sur Alex et Diya, médusés d'une telle affluence, sur Andy, qui ne pouvait plus contenter ses patients privilégiés traités à la toupyne et qui en réclamaient avec insistance, sur Mélany, qui tenait un Thomas-Éric effaré dans ses bras et qui ne comprenait pas pourquoi il lui était impossible d'aller s'asseoir aux côtés de monsieur Gaspard. Et Mélany elle-même, qui regrettait ce joyeux temps des fêtes spontanées et des prestations musicales improvisées.

Nous nous interrogions sur le phénomène de la notoriété incontrôlée de la cantine. Ce qui me paraissait de plus en plus clair, c'était la sorte de valeur emblématique associée à monsieur Gaspard. J'irais jusqu'à parler de mythe, si le mot coulait encore de source, une sorte d'explication simplifiée d'une réalité devenue si complexe que personne ne s'y retrouve. La réussite de la cantine de monsieur

Gaspard dépassait l'entendement, mais il fallait reconnaître qu'elle fournissait une piste d'espoir à tous ceux qui désiraient se lancer en affaires ou réaliser un projet, et qui couchaient rapidement leur roi sur l'échiquier dès les premières démarches, laborieuses, inextricables, en butte à un étau bureaucratique, une indifférence fonctionnarisée, un écheveau de paperasse, de permis, de règlements, de protection, de négociation et d'investissements financiers. Quand un fromager désire produire un nouveau brie et qu'il lui faut débourser au bas mot un million de dollars avant même d'avoir trait une seule goutte de lait, rien d'étonnant à ce que les réflexes frileux et défaitistes deviennent une norme établie et un trait de caractère largement répandu. Le sentiment d'impuissance rase toute fondation de projets aussi sûrement qu'une terre brûlée.

Et là, sous leurs yeux, monsieur Gaspard, par on ne sait quel prodige, avait survolé les contrôles sanitaires, les ordonnances sur les rassemblements publics, les normes d'occupation de l'espace public, les interminables attentes d'approbation et d'inspection, les amendements pointilleux, les obscures clauses des polices d'assurance, le droit d'exercice d'un commerce à vocation alimentaire, les tracasseries inépuisables qui témoignent si bien du génie humain. Lui avait osé. Lui avait surmonté les appréhensions. Lui n'avait pas craint d'affronter le pire et de risquer l'échec. Lui avait pu mener à terme une initiative individuelle sans y laisser sa peau. Mieux, il avait lancé un produit-vedette avec un succès incomparable qui suscitait non seulement l'envie la plus cupide mais aussi les espoirs les plus fous d'un triomphe comparable. Une simple cantine mobile installée à un coin de rue, un seul plat offert, et la consécration s'abat sur lui. Ce succès devait beaucoup à l'attachante personnalité de monsieur Gaspard; pourtant, seule la dimension marchande et le mirage de la réussite retenaient l'attention. La cantine mobile en payait le prix, mais cet invraisemblable triomphe témoignait d'un besoin patent.

Gaspard aurait peut-être pu contenir la poussée en augmentant ses tarifs. En faisant passer le prix du rachitique trois dollars à un abusif vingt dollars l'assiette, il aurait tout de suite renversé la vapeur et éloigné les amateurs d'aubaines faciles et de sensations bon marché. La foule de clients se serait désagrégée en un rien de temps. Mais monsieur Gaspard savait combien la gloire est éphémère. Il s'attendait à ce que le raz-de-marée se résorbe de lui-même, sans devoir recourir à des mesures draconiennes. Il aurait eu honte d'exploiter la situation et d'extorquer tant d'argent pour sa toupyne, lui qui, fier de sa recette, souhaitait l'offrir à des tarifs accessibles pour que tout le monde en profite. Par crainte de débordements, il rejetait également l'idée de ne pas se présenter fidèlement à son poste, le temps de laisser la poussière retomber. Il se sentait obligé envers sa clientèle. D'un autre côté, il était bien conscient qu'il ne pourrait pas encore longtemps sortir indemne de la marmite bouillante dans laquelle il était plongé. Après avoir franchi tant d'obstacles pour parvenir à poser sa cantine sur un bout de trottoir, monsieur Gaspard oscillait désormais entre l'indécision et l'attentisme, avec tous les espoirs braqués sur une éclaircie à l'horizon.

Mais c'était trop demander. Le bouquet, le point de non-retour, a été atteint par les chasseurs de souvenirs. Une partie de «l'image de marque» de la cantine mobile provenait du fait que la toupyne était servie dans de vraies assiettes et avec d'authentiques ustensiles. J'avais décrit à profusion cet aspect dans mon dossier sur monsieur Gaspard. J'avais même une photo en gros plan d'une assiette appétissante, bien remplie de toupyne. Il faut croire que monsieur Gaspard avait frappé juste par son emballage du produit. Même si l'intention de départ ne visait qu'à éviter les rebuts et à diminuer les coûts, les clients étaient véritablement enchantés de bouffer comme ils le feraient chez eux.

Durant l'été, cette marque de commerce avait fonctionné à merveille. Les consommateurs remettaient religieusement leur assiette terminée à monsieur Gaspard qui les nettoyait et les recyclait dans un compartiment de sa cantine. Si par malheur une assiette se fracassait, elle était souvent remplacée par le client maladroit. D'autres fournissaient leur propre contenant, dans un souci de faciliter la tâche à Gaspard. Un cycle d'échange installé sans flonflons et à la satisfaction unanime.

Depuis la montée en notoriété de la cantine, cependant, la valeur de l'assiette avait grimpé comme un cours en Bourse. Un petit malin avait eu l'idée de piquer une assiette et de la mettre en vente sur le site d'enchères eBay. Les assiettes de la cantine n'avaient en soi aucune valeur. Elles étaient propres mais dépareillées, puisées dans des stocks d'occasion. Pour un observateur étranger au commerce de monsieur Gaspard, elles ne reflétaient d'aucune manière leur appartenance commerciale. Elles n'affichaient aucun logo, aucun slogan. N'importe quel support circulaire autre qu'en plastique, en carton ou en styromousse faisait l'affaire. Et pourtant, cette assiette sur eBay, annoncée comme une pièce de collection de la cantine de monsieur Gaspard, s'est envolée pour la somme de mille dollars!

Il n'en fallait pas plus pour qu'en moins de deux jours toutes les assiettes de la cantine disparaissent. Monsieur Gaspard avait beau les réclamer, supplier ses clients de les rapporter, les inviter à fournir leur propre assiette, ce que bizarrement plus personne ne faisait, dénoncer la diminution de son inventaire, menacer de ne plus pouvoir servir sa toupyne, rien n'y fit. Mis devant le fait accompli, n'ayant plus aucun réceptacle sous la main pour y verser son produit, il a dû fermer boutique, ce qui a presque provoqué une émeute et nécessité l'intervention de la police pour calmer les ardeurs. Gaspard a dû battre en retraite sous escorte, hué par une meute d'imbéciles qui ne comprenaient pas que, sans assiettes, il ne pouvait plus vendre son plat. Clotilde et Hubert l'ont raccompagné en sûreté jusqu'à sa remise.

Inutile de dire à quel point la culpabilité me tenaillait. Alex avait beau essayer de retendre le ressort de mon moral, je ressentais des élancements de détresse à observer les escadrons de rapaces s'abattre sur monsieur Gaspard. Même si, selon Alex, un tel débordement se serait inévitablement produit, tant la cantine mobile représentait une expérience convoitée et une initiative valeureuse, la pensée morose d'en avoir été la bougie d'allumage ne me laissait aucun répit. Je cherchais une solution pour extirper monsieur Gaspard du bourbier que j'avais creusé sous ses pieds et dans lequel je le sentais s'enliser chaque jour un peu plus.

Toujours est-il qu'un après-midi – le jour même de la disparition de sa dernière assiette –, cédant à mon impulsion, j'ai décidé de faire fi des barrages humains qui empêchaient d'approcher de la cantine et de rejoindre monsieur Gaspard pour vider la question avec lui, espérant ainsi décharger ma conscience et lui trouver une issue de secours. Sauf que c'était plus facile à dire qu'à faire. Comment même l'approcher et lui soutirer cinq minutes de conversation privée? L'atmosphère houleuse quand monsieur Gaspard a annoncé la fin des émissions, faute d'assiettes, ne faisait rien pour me simplifier la tâche. Je l'ai suivi de loin, atterré par cette tournure des événements que j'avais eu le malheur de déclencher avec autant d'inconséquence que de bonne foi. Il m'a fallu jouer du coude jusqu'au moment où monsieur Gaspard s'apprêtait à refermer la porte de la remise dans laquelle il avait poussé sa cantine. Je l'ai interpellé juste à temps.

— Monsieur Gaspard! C'est moi!

En reconnaissant ma voix, il a levé la tête et, après m'avoir repéré, d'un geste nerveux de la main, il m'a fait signe d'approcher et de le suivre dans la remise. Le privilège qui m'était accordé a fait des envieux. J'ai tout juste eu le temps d'entrer et de rabattre la porte, avec l'aide de Clotilde et d'Hubert campés devant la palissade, avant que des fanatiques ne tentent de forcer le passage à leur tour.

À l'intérieur, j'ai repris mon souffle. J'entendais tambouriner sur la porte. Je me demandais presque si on n'allait pas sortir le bélier et chercher à l'enfoncer comme au Moyen Âge. Pendant que mes yeux s'habituaient à la pénombre, je pouvais voir que monsieur Gaspard s'était assis sur un tabouret, les épaules voûtées, les yeux vides, le visage blafard. La remise était assez vaste. La cantine reposait au milieu d'un bric-à-brac rangé sans ordre précis. Une odeur de poussière accumulée prenait à la gorge. Sur le côté, un établi débordait d'outils et de matériaux. Je devinais que la cantine avait pris naissance ici, et que de ce lieu sortait chaque matin un plat si populaire et à l'arôme si invitant qu'il avait engendré un succès démesuré. Au fond de la remise, une porte vitrée menait sans doute au logement de monsieur Gaspard.

— C'est ici que vous habitez?

Il n'a pas répondu. Il ne bougeait pas, récupérant à grandes inspirations, les yeux fermés où défilait peut-être le cauchemar de la journée durant laquelle son assortiment d'assiettes avait été misérablement pillé. Dehors, les bruits avaient cessé. Une bienheureuse accalmie avait pris le relais. Je ne savais trop comment la mettre à profit, mais, à observer la mine défaite de mon ami, je ne voulais pas demeurer les bras croisés.

— Tout va bien, Gaspard? Je peux faire quelque chose?

Monsieur Gaspard a ouvert les yeux. On aurait dit qu'il avait vieilli de dix ans. Toute l'assurance et l'énergie qui pétillaient dans ses yeux semblaient volatilisées. Je me tordais les doigts, indécis et malheureux comme un chien abandonné. Je m'apprêtais à l'inviter à souper, à lui offrir un verre, à lui chanter une chanson s'il le fallait, n'importe quoi pour lui redonner une allure digne de lui, quand monsieur Gaspard m'a enfin regardé. Il a esquissé un timide sourire avant de me poser une curieuse question :

— Tu aimes la boxe?

CHAPITRE 15

J'ai écarquillé les yeux aussi grands que l'étonnement le permettait. Je me croyais victime d'hallucinations auditives. C'était bien la dernière question à laquelle je m'attendais dans les circonstances. Monsieur Gaspard guettait pourtant ma réponse. J'ai saisi l'occasion pour placer une petite blague, histoire de détendre l'atmosphère en attendant de comprendre où il voulait en venir. J'espérais seulement qu'il n'était pas en train de m'offrir d'enfiler les gants.

— Oui, j'aime la boxe, surtout à la Chambre des communes!

Ma boutade ne l'a pas fait rire. Le moment était mal choisi, j'imagine. Et puis, il s'est produit ce genre de phénomène auquel il est rare d'assister dans le cours d'une existence, une parenthèse de temps pour permettre à une pensée douloureuse de repérer son chemin et de s'évader, comme une vanne qui laisse écouler le trop-plein, comme un aveu qui comprime le gosier depuis trop longtemps et qui doit enfin trouver son échappatoire. Monsieur Gaspard s'est mis à me raconter son histoire.

— J'aurais pu être champion de boxe, tu sais. J'avais le physique de l'emploi, la force du poing, l'agilité, les réflexes aussi vifs que ceux d'un crotale.

Monsieur Gaspard a pris une pause. Il s'est levé pour se diriger vers l'établi. Il a ouvert un petit frigo et en est revenu avec deux bières. Il m'en a placé une d'office dans les mains et a sifflé d'un trait la moitié de la sienne.

Il avait vingt ans, l'intrépidité inscrite au front, la confiance démesurée en ses moyens. Il affichait même l'état d'esprit particulier qui commande l'exercice du métier de boxeur, à savoir une sorte d'instinct du tueur canalisé dans des voies socialement acceptables. Il se préparait pour son quatrième affrontement chez les professionnels. Encore confiné à des combats locaux, évidemment, son nom circulait cependant dans les milieux spécialisés, tant il avait dominé ses adversaires jusqu'à ce moment.

Pour le tester, on lui a opposé une espèce de néandertalien, au cerveau aussi nanti que le porte-monnaie d'un sans-abri. Ses seuls atouts étaient sa grande gueule et sa force herculéenne.

On le disait capable d'assommer un veau d'un seul coup de poing derrière la tête. Conscient du parti que Gaspard représentait pour l'avancement de sa carrière, il a commencé une campagne d'intimidation et de dénigrement pour se donner un avantage, sans comprendre qu'en agissant ainsi il livrait des munitions à son adversaire au lieu de nuire à sa confiance. Gaspard ne le craignait pas. Il n'aurait aucune peine, par sa vitesse, à éviter ses moulinets. Il avait étudié son style. La stratégie était simple : épuiser ce tocard à petit feu avant de lui porter le coup d'estoc.

Pendant que son adversaire le traitait de mauviette et de carpette sur laquelle il allait s'essuyer les semelles, Gaspard s'entraînait comme un forcené. À chaque sarcasme, il se sentait devenir plus fort, plus motivé que jamais à lui faire cracher ses dents. Le jour de la pesée, il s'est contenté de sourire à toutes ses provocations. Gaspard était fin prêt.

Son tour à la soirée de boxe arrive enfin. Après avoir assisté à quelques combats sans envergure, un public de cinq cents personnes – belle foule pour la petite ville où il se produisait – acclame Gaspard quand il fait son entrée sur le ring. Il observe son adversaire fanfaron, risible. Il le laisse exécuter son numéro de clown sur le déclin. La cloche sonne et il s'avance sur le ring. Le gorille lance un poing que

Gaspard voit venir de loin et esquive sans difficulté. Pendant quelques rounds, il laisse son adversaire frapper l'air comme un demeuré et se contente de quelques coups à la tête pour le maintenir à distance respectueuse. Le public veut de l'action, mais comprend que le but est de le fatiguer, lentement et sûrement. Les connaisseurs suivent la stratégie avec intérêt.

Au sixième round, Gaspard juge que le fruit est mûr. Le gros primate n'affiche plus la même vigueur dans ses élans de bras. Gaspard se rapproche pour la passe d'armes. Il surprend l'adversaire en se précipitant sur lui et en lui assénant d'abord un gauche-droite directement au visage. Sans lui laisser le temps de revenir de sa surprise, un nouveau *jab* l'envoie valser dans les câbles. Le public est debout. Gaspard l'entend hurler. Il est en état de grâce. Un crochet de la gauche atteint l'abruti directement à la tempe. Il s'affaisse lourdement sur le dos et se cogne la tête. L'arbitre commence le compte.

— Mon adversaire se relève à la limite. Il titube. Je fonce sur lui. Je l'accule dans le coin. Et je me mets à le marteler des coups les plus violents que je peux lui porter. Je ne me possède plus. Je me rends compte que toutes ses injures, son arrogance, ses tentatives de me ridiculiser ont fermenté en moi une haine implacable. Et je frappe, je frappe.

Je sens bien qu'il ne réagit plus, il se protège à peine. Je n'ai rien à craindre et je redouble de fureur. Quand enfin je le vois s'effondrer, je lève les bras en signe de triomphe. J'émerge, mission accomplie, prêt à recueillir l'ovation bien méritée des spectateurs.

Mais un lourd silence règne au contraire. Gaspard se retourne, les bras toujours dans les airs. Il constate que sa victime est demeurée au sol et qu'on s'active autour avec des gestes qui traduisent l'urgence. Que s'est-il passé? Bientôt, des ambulanciers arrivent en courant et emportent l'homme inconscient sur une civière. Perplexe, Gaspard retraite au vestiaire, frustré de cette fin en queue de poisson où son adversaire a trouvé le moyen de détourner l'attention sur lui.

Monsieur Gaspard a pris une autre gorgée de bière et a poursuivi son récit d'une voix atone. Je respirais à peine pour ne pas contrarier son long et indispensable monologue.

— Je n'apprendrai son décès que le lendemain. C'est mon gérant qui m'a annoncé la nouvelle.

L'arbitre aurait dû arrêter le combat plus tôt, mais ne l'a pas fait par manque d'expérience, par le fait que la foule survoltée réclamait le sang de son billet d'admission, par le fait que l'adversaire de Gaspard, appuyé dans les câbles, tenait toujours debout. Il avait subi un œdème cérébral et était probablement déjà mort quand les ambulanciers l'ont conduit à l'hôpital.

Durant trois jours, Gaspard a été incapable d'avaler une seule bouchée. Il est demeuré prostré à la maison, jusqu'à l'enterrement où il a assisté à la cérémonie.

— J'ai fait la file pour offrir mes condoléances à la famille. Comment pourrais-je oublier le regard d'acier de sa femme, qui m'a reconnu, et les yeux rougis de ses enfants, incrédules de la mort de leur père, qui me regardaient comme un tueur à gages?

Il lui a fallu six mois pour reprendre l'entraînement. Des accidents de ce genre se produisent à l'occasion, mais de s'en savoir responsable, alors qu'il était habité par la rage, incapable de dompter l'aversion qui le poussait à lui faire le plus mal possible, suscitait en lui une culpabilité destructrice. Qui peut se vanter d'avoir tué un homme de ses mains? Gaspard ne voyait rien de glorieux à une telle fatalité. Il n'a accepté, encore hanté par cette tragédie, un nouveau combat que deux ans plus tard. Il s'était entraîné avec sérieux, mais sentait bien son manque de motivation. Et lorsque son nouvel adversaire, au centre du ring, juste avant la cloche, lui a dit d'une voix sinistre: «Bonne chance, l'assassin!», il savait qu'il ne ferait pas long feu. Après le premier round, Gaspard avait déjà le visage tuméfié. Tandis que son entraîneur lui criait ses instructions et le traitait de tous les noms pour le stimuler, son regard a été attiré vers la foule. Au premier rang, à sa droite, la femme à qui il avait serré la main glaciale au cimetière suivait le combat.

— Venait-elle assister à mon massacre? Espérait-elle me voir mourir à mon tour, sous ses yeux? J'ai senti une tonne de briques me tomber sur les épaules.

À la reprise, Gaspard s'est avancé comme un automate et a été accueilli par un coup de poing qui l'a projeté au plancher. Il ne s'est réveillé que dans le vestiaire, entouré par un médecin et son gérant. Il n'avait en apparence aucune séquelle et avait simplement été mis KO, mais le mal était fait. Il ne remettrait plus jamais les gants. Fini la boxe, s'il voulait une chance de mettre cette tragédie derrière lui.

Il a bien fallu se consacrer à un autre gagne-pain. Ayant toujours adoré bricoler et exploiter son habileté manuelle, Gaspard a suivi des études de mécanique. Il s'est déniché quelques petits boulots dans des ateliers. Il menait une vie sans histoire. Il a rencontré Juliette dans un bar.

— Quelle femme formidable!… Elle respirait cette confiance à la fois physique et mentale qui procure tant de beauté à la femme.

Elle n'était pas hantée par cette obsession du

corps qui se transforme, par cette évolution normale qu'on assimile à tort à de la décrépitude. Elle savait bien qu'on ne peut pas plaire à tout le monde. Qu'importe? Quel que soit l'âge, il y a toujours une beauté qui séduit. Elle en était persuadée et marchait la tête droite. Cette assurance la rendait de fait particulièrement attrayante.

Elle savourait chez Gaspard son côté plaisantin, même si elle devinait, à un voile qui passait quelquefois dans ses yeux, que des évocations lointaines le remplissaient de tristesse. Il ne lui a jamais parlé de sa carrière de boxeur et de la mort qu'il avait provoquée à coups de poing. Il aurait sans doute dû le faire. Elle aurait su comment donner un éclairage différent à cette tragédie, comment l'amener à faire du malheur un allié, au lieu du long chemin de croix que ce pesant souvenir lui faisait encore péniblement parcourir tant d'années plus tard.

Gaspard et Juliette ont fini par se marier. Ils ont eu trois enfants, trois joyaux qui brillent encore d'un éclat douloureusement intense dans ses souvenirs. Grâce à eux, grâce à leur sollicitation et à leurs besoins insatiables, Gaspard a trouvé un nouvel équilibre, un nouvel entrain, comme s'ils lui donnaient l'occasion de racheter une faute commise et qu'ils retiraient les rideaux qui empêchaient la lumière d'entrer.

Monsieur Gaspard a observé une minute de silence, tétant distraitement le goulot de sa bouteille. Je retenais mon souffle pour ne pas déranger sa concentration et le laisser exercer le nécessaire nettoyage de sa conscience.

— Ils avaient neuf, huit et six ans quand ça s'est produit.

Gaspard jouait aux cartes à l'époque, d'innocentes parties de poker entre copains qui se rencontraient une fois par semaine. Juliette le taquinait sur ce relent de vie de célibat. Elle ne voyait rien de répréhensible à se changer les idées, mais brasser des cartons lui semblait une frivolité sans intérêt. Il lui répondait que ces petites échappées ne faisaient qu'attiser le moment où il la retrouverait et qu'elle n'avait qu'à bien se tenir!

C'est curieux comme tant d'infimes détails peuvent si facilement détourner le cours d'une existence. Je ne cesserai jamais de me surprendre que la moindre poussière est susceptible de provoquer un court-circuit dans le réseau qui anime une vie. On pourrait espérer que les déviations imprévues nous conduisent sur des chemins semés de découvertes surprenantes, que des événements heureux puissent surgir de cette fragilité des destins. Hélas, on dirait que cette fragilité même est sujette aux blessures béantes. De quoi alimenter la terreur de chaque minute à venir. Toujours cette peur du pire qui paralyse les meilleures volontés par souci de ne s'inviter à aucune catastrophe.

Les petites soirées de cartes ne débutaient qu'à vingt-deux heures pour permettre à un copain de se joindre à eux après son travail.

— Ce petit détail a beaucoup d'importance quand j'y repense. Si le début de nos parties avait eu lieu une heure plus tôt seulement, rien de tout cela ne serait arrivé. Ma femme aurait été éveillée au lieu d'être déjà endormie. Elle serait intervenue à temps et aurait pris en main sa destinée et celle des enfants, sans provoquer de conséquences.

Autre détail misérable : Gaspard était en retard ce soir-là. Il lisait devant le poêle à bois. Absorbé par sa lecture, amorti par la chaleur bienfaisante du feu, il n'a pas vu le temps passer. Au moment où il mettait une dernière bûche dans le poêle, le carillon de l'horloge murale, hérité de son grand-père, a retenti. En réalisant son retard, Gaspard s'est rué pour prendre son manteau et enfiler ses bottes, sans se rendre compte qu'il avait mal refermé la porte du poêle. De plus, contrairement à la précaution qu'il prenait toujours avant de monter se coucher lorsque le poêle brûlait, il a oublié d'entrouvrir la fenêtre pour laisser évacuer d'éventuelles fuites de fumée. Il est parti en trombe, excité à l'idée de disputer de bonnes parties de poker, convaincu que la chance allait lui sourire.

— Il était deux heures du matin quand j'ai repris le volant. J'avais gagné un petit magot, ravi de ma performance, heureux de ce moment de détente entre copains. L'air vif m'a cinglé le visage. J'avais hâte de rentrer me réfugier sous les couvertures.

Alors qu'il approchait, Gaspard a remarqué une lueur orange au loin, ainsi qu'une fumée dense qui s'élevait dans les airs. La rue était barrée par un car de police pour empêcher les voitures d'approcher. Il a stationné un peu plus loin et a contourné le barrage pour se rendre chez lui. Un peu inquiet de ce déploiement si près de sa résidence, il se demandait qui était le malheureux voisin victime d'un incendie. Des pompiers couraient dans tous les sens, deux ambulances annonçaient leur arrivée à coups stridents. Et c'est à ce moment que Gaspard a réalisé que la maison qui flambait avec des allures d'enfer était la sienne.

— J'ai dû pousser un hurlement et me mettre à courir en direction du brasier, car trois policiers m'ont intercepté et plaqué au sol dans la neige. Je hurlais à me faire éclater le gosier. On m'a conduit dans un fourgon d'intervention. Une policière a fini par me faire retrouver un semblant de calme.

Elle avait des questions à me poser et il lui fallait ma collaboration. J'ai répondu comme un automate à sa voix autoritaire, l'interrompant sans cesse pour savoir ce qui était arrivé aux occupants de la maison. À ce stade, personne ne pouvait m'informer.

L'incendie a continué une bonne heure. Les pompiers arrosaient inlassablement les flammes, tandis que les inévitables belettes entouraient la scène. Le toit s'est bientôt effondré, et Gaspard commençait à réaliser que, si sa famille se trouvait encore dans la maison, il n'y avait plus aucune chance de la retrouver vivante. Il respirait à peine. On lui avait injecté un calmant sans même qu'il s'en rende compte. Il regardait par la fenêtre du fourgon avec une angoisse qui le faisait trembler de la tête aux pieds. Dès que les pompiers ont pu pénétrer dans les ruines, Gaspard s'est précipité à l'extérieur, rongé d'inquiétude. Il espérait encore que les siens aient pu fuir, mais où pouvaient-ils bien être si c'était le cas?

Et puis une première civière, transportée par des pompiers. À la longueur du corps enveloppé d'un drap, Gaspard a reconnu sa plus jeune fille. Il s'est effondré dans la neige, incapable de soutenir une vision aussi atroce. Il ne pouvait pas le croire. Toutes les fibres de sa raison refusaient d'admettre une telle évidence: ce petit corps tant bercé, maintenant calciné.

— J'ai sans doute perdu connaissance à ce moment. Je me suis réveillé à l'hôpital, alité et branché à une panoplie d'appareils sinistres. On m'a dit que j'avais déliré durant deux jours entiers.

Les infirmières se relayaient pour doser ses sédatifs. À leur mine compassée, Gaspard captait le message qu'il n'y avait plus aucun espoir, aucun survivant, qu'il n'avait aucune bonne nouvelle à espérer. Résigné, il ne restait plus qu'à attendre que quelqu'un trouve le courage de lui annoncer la vérité. C'est Albert, son partenaire de cartes, son meilleur ami, qui s'est chargé de la sale besogne, deux semaines plus tard.

Le visage inondé de larmes, Gaspard l'écoutait lui raconter le déroulement de la tragédie tel que les enquêteurs l'avaient déterminé. La fumée avait envahi la maison. Le détecteur de fumée, aux piles déchargées, n'avait alerté personne. Le dégagement de fumée avait probablement asphyxié tous les occupants endormis avant que les flammes, déclenchées par un tison échappé du poêle, se répandent dans toute la maison. Maigre consolation : ses enfants n'avaient sans doute pas souffert.

Jusqu'à ce qu'il précise de vive voix que personne n'avait survécu au brasier, Gaspard avait entretenu la faible lueur humaine d'espoir qu'un enfant ait pu s'échapper. Mais non, toute sa famille reposait déjà au cimetière. On avait procédé à l'inhumation durant sa convalescence à l'hôpital où on l'abrutissait de calmants. Les médecins refusaient de lui rendre sa liberté tant qu'ils n'auraient pas l'assurance qu'il n'allait pas commettre l'irréparable.

— Comme si j'étais encore vivant, de toute manière… Quand je suis revenu sur la scène du drame, il ne restait que quelques pans de mur calcinés. Il n'y avait plus rien à récupérer. Et je n'avais plus rien, point.

La compagnie d'assurances refusait de le dédommager sous prétexte qu'il manquait quinze centimètres de tuiles protectrices autour du poêle et que cette négligence était probablement la raison principale de la propagation des flammes. Sans ressources, ayant tout perdu, Gaspard a vendu le terrain pour une bouchée de pain qu'il a donnée aux créanciers pour calmer temporairement leur insatiable appétit.

— Et puis, je me suis enfui. J'avais perdu mon travail, en raison de mon absence prolongée.

Tellement désarçonné par un tel coup bas, par une telle absence de compassion, Gaspard n'a même pas eu le réflexe de porter plainte pour renvoi injustifié. Il y avait encore l'hypothèque à rembourser même si la maison était rasée et que la compagnie d'assurances refusait de payer son dû.

Il n'avait bien sûr aucun moyen d'entreprendre un recours juridique pour obtenir gain de cause. Et par-dessus tout, il y avait la belle-famille qui commençait à flairer la bonne affaire pour compenser la perte de leur fille. Ils allaient incessamment faire porter à Gaspard le chapeau de la responsabilité coupable avec à l'appui la réclamation d'un dédommagement financier appréciable. Avant de se faire dévorer par ces meutes affamées, incapable de soutenir la défense de tous ces fronts tant il pleurait encore chaque minute la perte de sa femme et de ses enfants, il a quitté son patelin pour la grande ville, en quête d'un nouveau travail, espérant se soustraire temporairement à ses poursuivants, se refaire un semblant d'existence et placer sa mémoire en léthargie.

— En fait, tout ce que j'ai réussi à trouver, ce fut une chambre meublée sous un faux nom. Il s'agissait d'un début avant de me lancer à la conquête d'un emploi.

Mais en entrant dans cette chambre qui empestait l'air renfermé et la tristesse jamais vaincue, Gaspard a étendu son découragement sur le lit, faisant lever un nuage de poussière. Et là, devant l'indescriptible cafard de cette chambre, les yeux rivés sur le plafond jauni depuis des années par le tabac, il a sombré. Il a littéralement coulé à pic, revivant chaque seconde de la mort des siens, se transposant dans leur chambre et dans leur lit entouré par les flammes. Gaspard ne s'était autorisé qu'une seule visite au cimetière après sa sortie de l'hôpital. En voyant ces êtres qu'il avait tant aimés réduits à une dérisoire gravure des noms sur un bloc de granit, d'un grisâtre déprimant comme six mois de pluie, il a été pris d'un accès de fureur et de dépit dont il ne se croyait pas capable. Le destructeur sentiment de culpabilité le pilotait d'une main sûre vers la folie complète.

— J'étais totalement obsédé par ce pèlerinage devant la pierre tombale. Cette seule visite avait eu des effets ravageurs.

Maintenant confiné à cette minable chambre, il en revivait en permanence l'effroyable étreinte, les yeux vitreux, les pensées en débandade, incapable du moindre effort. Son système de volonté refusait de répondre, de lui accorder le moindre crédit. Au début, il prenait encore la peine d'avaler un biscuit, de se soulager à la toilette. Bientôt, une totale paralysie morale, accompagnée par le désespoir le plus profond, l'a envahi. Gaspard n'a plus seulement été capable de se lever. Il ne se voyait plus que comme un assassin en puissance. Autant demeurer cloîtré; au moins, de la sorte, aucun risque de semer la désolation.

— Quand on m'a trouvé sur ce lit souillé de

merde et d'urine, après que la porte eut été défoncée puisque l'odeur infecte laissait croire que j'étais mort, il ne me restait plus que quelques heures de vie.

Complètement déshydraté, n'ayant rien avalé depuis trois jours, Gaspard a été conduit à l'hôpital et traité d'urgence. On l'a gavé d'antidépresseurs, de drogues si puissantes qu'elles auraient sans doute assommé un rhinocéros. Dans les circonstances, le traitement de choc s'imposait; il a fini par lui faire reprendre une certaine contenance, assez pour pouvoir libérer le lit au bénéfice d'un autre égaré. Et, une fois de plus, il s'est retrouvé à la sortie d'un hôpital sans savoir où aller, sans aucun moyen de subsistance, sans personne pour l'aider puisqu'il vivait en clandestinité.

Il a marché longtemps, encore à moitié abruti par les médicaments, aussi hagard qu'un spectre, jusqu'à ce qu'il croise un groupe de sans-abri. Ils s'étaient réfugiés sous l'arche d'un pont dans un campement de fortune qui échappait encore aux autorités. Gaspard s'est discrètement joint à eux, imitant leurs gestes de survie, fouillant dans les ordures pour en extirper de la nourriture et, au hasard de la chance, un vêtement chaud. Il a fait partie des garnisons de miséreux qui attendent devant les refuges pour un bouillon chaud et une couchette dans les dortoirs infestés de ronflements assourdissants et d'odeurs révulsives. Il enfilait peu à peu l'uniforme de cette existence sans avenir et sans avenue. La souffrance physique du froid et de la faim dérivait la torture mentale, autrement plus lourde, qui continuait de l'affliger avec un acharnement épuisant.

— Je m'installais au coin d'une rue et recueillais chaque jour de quoi acheter un pain et quelques tranches de jambon, seul petit moment de réconfort de ces interminables heures de veille et de peine. Je connaissais une épicerie où la caissière m'avait en pitié.

Gaspard tenait à payer chaque article qu'il mettait sur le comptoir, seul vestige de dignité dont il pouvait encore se targuer. La caissière l'en remerciait quelquefois d'un petit supplément, un jus en bouteille ou un berlingot de lait. Le goût de la viande, si doux sur sa langue asséchée, constituait l'unique bouée d'ancrage à laquelle il s'agrippait pour garder la tête hors de l'eau. Tout ce temps, Gaspard n'a pas cédé à l'oubli facile de l'alcool ou de la drogue. Il avançait toutefois comme un automate dans un monde sans repères, ramené à l'instinct animal de la survie élémentaire.

Et puis, comme toujours quand on oublie de lui accorder les nécessaires ménagements, le corps finit par réclamer son moment de relâche. Gaspard est bientôt tombé malade. Vidé, il se sentait dépérir, engagé sur le chemin de la destination finale. Il riait de sa décrépitude puisque avec elle il voyait le moment où il allait échapper pour de bon à sa cage de souffrances. Il aurait pu choisir de mettre fin à ses jours pour abréger cette survie sans issue, se jeter dans les eaux du fleuve ou sous les roues d'un camion, mais il refusait, car un obscur combat mental lui interdisait cette facile délivrance sans avoir racheté ses fautes par un châtiment pleinement mérité.

— J'errais donc dans les rues, sans but, la main tendue, le sourire niais aux lèvres, ultime trace d'humanité dont je me sentais encore pourvu.

Devenu spectateur de son agonie, Gaspard attendait simplement le moment où ses yeux refuseraient enfin de s'ouvrir et où il basculerait dans un infini sans douleur et sans souvenir.

Un matin, il a vraiment pensé qu'il vivait sa dernière journée. Déjà, le soleil faisait fondre le bitume, une de ces journées de juillet où la chaleur punit toute velléité de mouvement. Il marchait dans une rue passante, d'un pas si lourd que chacun exigeait toute sa concentration. Ignorant quelle image il livrait, Gaspard croisait des marcheurs, eux aussi accablés de chaleur. À travers les brumes de sa fièvre, il les voyait le contourner, une vague inquiétude inscrite dans le regard. Gaspard ricanait à voix haute. Son absolution finale approchait. Il avait atteint les bas-fonds, et aucune avanie ne pourrait l'enfoncer davantage. Il n'avait plus rien à redouter d'un coup de garcette derrière la tête, cette hantise qui lui avait empoisonné la vie durant les dernières années, alors qu'il était épouvanté et obsédé de répandre à nouveau la mort autour de lui.

— C'est à ce moment que je l'ai aperçu.

Gaspard n'a d'abord entrevu que sa silhouette menue éclairée par le soleil en arrière-plan. Il devait avoir une dizaine d'années. Et le choc éprouvé à ce moment, il le conserve encore intact dans sa mémoire. Tandis que ce petit garçon s'avançait vers lui, Gaspard a eu la fulgurante vision qu'il s'agissait de son fils, la certitude absolue qu'il s'était réincarné devant lui, à cet instant très précis, là sous ses yeux. Il s'est mis à trembler de stupeur, le cœur battant. Il éprouvait un délire intense, luttant pour départager le rêve de la réalité. Gaspard tendait toujours la main par réflexe, incapable de bouger. Et alors, le petit garçon, au lieu de l'éviter comme tous les autres, s'est arrêté devant lui, l'a observé quelques instants, a pris une pièce de cinq sous dans une poche de son pantalon trop grand et l'a placée dans la main. Tandis que Gaspard le fixait, complètement abasourdi, le gamin a dardé ses yeux sur lui, de l'air effronté des enfants qui n'ont pas encore appris à redouter, et il lui a dit la phrase la plus décisive de sa vie: «Tu sens mauvais, monsieur.» Comme ça, tout simplement, sans aucune animosité ou répugnance, simple constat comme s'il décrivait le temps qu'il faisait.

Gaspard l'a suivi du regard tandis qu'il s'éloignait et qu'il disparaissait dans une maison toute proche. Il ne sait combien de temps il est demeuré sans bouger, suant des chandelles sous le soleil, faisant un effort démesuré pour tenter de raisonner cette scène, pour lui accorder sa véritable signification. Certes, il avait tout de suite compris qu'il ne s'agissait pas de son fils. Il était à moitié fou, mais il lui restait une once de lucidité. Non, ce n'était pas son cher enfant, simplement un garçon anonyme rencontré par hasard. Et, curieusement, alors que cette évocation fugitive de ses enfants disparus par sa faute aurait dû le jeter au sol, en proie à un nouvel accès de démence, Gaspard a au contraire redressé la tête et est devenu sérieux, songeur, pensif. Ce petit avait prétendu qu'il sentait mauvais. Il lui avait même fait don de cinq sous qu'il examinait dans le fond de sa paume crasseuse, dérisoire obole que Gaspard conserve encore dans sa poche en guise de porte-bonheur et pour ne jamais oublier le déchet qu'il était devenu.

— Pour la première fois depuis mon itinérance, depuis mon abandon à ce naufrage, j'ai éprouvé un haut-le-cœur de honte.

Une terrible honte à l'idée de ce qu'il projetait aux yeux des autres et à l'idée de ce qu'auraient pensé ses enfants s'ils l'avaient découvert dans cet état. Gaspard était une épave échouée sur les rives d'une peine inconsolable et à laquelle il s'était livré avec des boulets aux pieds au lieu de la combattre comme tout être digne de ce nom devrait le faire.

Le soleil plombait toujours avec une rare férocité, mais Gaspard sentait à peine sa morsure sur sa nuque tant il était troublé par cette étrange révélation. Les deux pieds en équilibre instable sur le rebord de sa tombe, il prenait tout à coup conscience de son apparence piteuse et de l'ondée de discrédit qu'un tel constat déchaînait en lui. Était-ce ainsi qu'il honorait la mémoire de ses enfants? Était-ce ainsi qu'il acceptait de leur survivre et de racheter le peu de temps qu'il lui restait à vivre? Il avait beau être indirectement responsable de la mort de cinq êtres vivants, était-ce une façon de s'amender et de trouver la paix de l'esprit?

Quiconque dirait qu'il est impossible de se remettre d'un tel destin, j'abonderais et approuverais des deux mains. Et alors? Que retire-t-on d'une telle abdication? À quoi servent de telles épreuves si on ne cherche pas à en soutirer un enseignement utile? À quoi bon gaspiller de l'air si c'est pour succomber à un apitoiement stérile? Que peut-on conclure de notre seul séjour sur terre si c'est pour le passer à pourrir sur pied? Gaspard devait-il subir cette condamnation morale et renoncer à tout droit au mérite? Ne plus jamais éprouver une parcelle de ce moteur essentiel qu'on désigne sous le nom de bonheur?

Et surtout, surtout, par-dessus tout, parmi la multitude de questionnements qui l'assaillaient à ce moment précis, il y avait cette image, cette vision fugitive et harcelante, du visage consterné de ses enfants, déçus d'un père si déchu, amers devant un renoncement si lâche à la dignité la plus élémentaire. Même s'ils n'étaient plus là pour le juger, c'est comme si Gaspard subissait leur regard cuisant, chargé de reproches acerbes. En dépit de l'état de mort vivant dans lequel il se vautrait, cette soudaine conception lui est devenue si insupportable que, pour la première fois depuis très longtemps, d'aussi loin qu'il pût se souvenir, il a senti enfin ses pieds quitter la vase et ses poumons réclamer de l'air. Après l'avoir sauvé et rescapé dans la vie, au moment où il surmontait la hantise de ce fatidique combat de boxe, ses enfants allaient désormais en faire autant dans la mort. Gaspard venait de trouver une orientation morale à accorder à son destin, celle de se montrer digne et redevable de l'image qu'ils avaient de lui du temps de leur vivant et qu'ils auraient voulu le voir conserver.

— J'ai été interrompu dans mes réflexions, auxquelles je cédais mes dernières énergies, par un passant charitable qui m'a demandé si tout allait bien.

Gaspard a tourné la tête vers lui et lui a répondu « Aidez-moi », d'une voix à peine audible, puisant dans ses ultimes réserves pour trouver le moyen d'arracher ces mots à sa gorge. Le bon Samaritain a appelé l'ambulance et, une fois de plus, Gaspard s'est retrouvé à l'hôpital, sous perfusion. Alors qu'il faut à certains des jours d'attente interminable pour une simple ordonnance d'antibiotiques, il réalisait, gêné et reconnaissant, qu'il bénéficiait de soins hospitaliers intensifs pour la troisième fois. Mais il était bien décidé à ce que ce soit la dernière, sinon pour un cancer généralisé ou pour une fracture de tous les os. Désormais, il avait mieux à faire.

— Aidé par une assistante sociale, j'ai entrepris des démarches dès que j'ai pu remonter sur mes deux jambes. Il fallait d'abord me forger une nouvelle identité, puisque je n'avais plus aucun papier sur moi depuis belle lurette.

Pour couper toute attache à ce proche passé où il avait failli y laisser sa peau, pour décourager toute tentative de recherche de ses anciens créanciers, si jamais ils s'intéressaient encore à lui, pour surtout bien arrimer sa position dans les blocs de départ, Gaspard a fourni le nom d'un itinérant dont il avait assisté à l'agonie et qui avait été jeté dans le fleuve par ses pairs ne sachant que faire de lui. Sous cette fausse identité, on lui a fourni les estampilles sociales nécessaires qui lui permettaient de réintégrer des schémas de la vie commune. On lui a même fourni de l'aide pour la location d'une chambre et pour trouver un travail dans un atelier mécanique, où son salaire était couvert par les programmes sociaux.

Gaspard était terrorisé à l'idée de passer une nuit dans la chambre et de retomber en catalepsie, mais elle venait d'être repeinte et n'exhalait aucune de ces odeurs cafardeuses qui émanaient de l'autre chambre et qui lui avaient si bien pulvérisé le moral. En outre, il était décidé à lutter contre toute atteinte à ses résolutions.

La balance de la chance penchait enfin de son côté. Abrité sous une nouvelle identité, Gaspard sentait qu'il pouvait rompre avec les démons du passé. Il apprivoisait une vie socialement normale avec moins d'épreuves qu'appréhendé. Il lui arrivait même de rire d'une blague idiote et de prendre un coup avec ses collègues, les soirs de paie. Il répondait aux tentatives de questions curieuses sur sa vie d'une manière si évasive, avec une telle désinvolture, qu'on lui a bientôt fiché la paix. Il se contentait d'être un bon compagnon, affable et serviable, et on n'en exigeait pas davantage de sa part.

Avec le temps, il a rebâti sa confiance. Il entretenait comme un culte l'image d'enfants fiers de leur père, et ce simple artifice suffisait pour fixer les câbles de son existence. Il a retrouvé suffisamment d'assurance pour qu'à un moment il lui vienne l'idée de s'impliquer davantage. Gaspard voulait se distinguer, établir ses marques, laisser une forme d'héritage à ses enfants, comme s'ils vivaient toujours et attendaient qu'on leur fournisse de la matière à évoquer avec nostalgie après sa mort. C'est là qu'il eut l'idée de se lancer en affaires. Simplement.

— Cette idée, elle m'est venue d'un souvenir des enfants que je chérissais particulièrement. Tous les vendredis soir, je les recevais après l'école avec une recette de ma composition. Nous avions fait de cette soirée une petite tradition pour inaugurer la fin de semaine. Ma femme participait elle aussi avec entrain à cette fête. Elle dressait une table originale et décorée, ce qui suscitait l'admiration de nos enfants.

Contrairement à l'attitude chipoteuse typique de l'enfance, où une expérience culinaire constitue une forme indiscutable de torture physique, les enfants se faisaient un point d'honneur de goûter ce que Gaspard leur avait préparé. Chaque fois, ils exprimaient leurs opinions, apportaient leurs suggestions avec toute l'application qui les caractérise à cet âge et sous le regard amusé autant qu'ému des parents. Ils prolongeaient ce moment de magie avec une petite virée chez le glacier, où les enfants étaient gavés de chocolat et d'érable.

— En évoquant ces moments, je me suis souvenu d'un plat fort réussi que les enfants avaient tellement dévoré qu'ils en avaient exigé chaque semaine.

Après quelques essais pour retrouver la composition, Gaspard s'est dit qu'il tenait non seulement un plat susceptible de faire un malheur, mais également de saluer d'un clin d'œil cette période de complicité parfaite. C'est là qu'il a entrepris de fabriquer sa cantine et d'en faire un lieu de rencontre, comme lors de ces retrouvailles du vendredi soir qu'ils aimaient tant.

La conception et l'assemblage de la cantine occupaient toutes ses soirées. Gaspard y prenait un plaisir quasi jouissif. Il se sentait revivre en regardant ses mains mesurer, tailler, visser les éléments de son bidouillage. Même s'il n'était pas au fait de la marche à suivre pour lancer un petit commerce mobile, il se doutait bien qu'il ne pourrait pas s'installer avec son petit bonheur et commencer à vendre sa toupyne sans voir affluer les législateurs en tous genres. Alors, patiemment, en se disant qu'il avait le temps, en considérant l'exercice comme une expérience humainement enrichissante, avec la tranquille certitude qu'il franchirait cette étape décisive les bras de la victoire bien haut levés, il a attaqué une à une toutes les démarches requises à l'obtention des permis nécessaires. Il voulait les coudées franches pour la bonne marche de son petit commerce, sans toujours craindre une tracasserie exaspérante ou une mise en demeure intempestive.

— Je reste encore estomaqué aujourd'hui, d'une part par la quantité incroyable de permis et de certificats exigés – ainsi que des deux années qu'il a fallu pour les rassembler – et, d'autre part, par la relative facilité avec laquelle on a accueilli mes demandes.

Sans savoir quel alignement d'astres jouait ainsi en sa faveur, il s'agissait souvent de servir un petit échantillon de toupyne, puisé dans le thermos que Gaspard apportait toujours, pour amener un sourire aux lèvres des ronds-de-cuir les plus récalcitrants. Il réussissait ainsi à les amadouer, seule éclaircie sans doute de leurs longues journées monotones à empiler du papier. Il a profité de l'incroyable complexité des paliers décisionnels – qui conduisent habituellement à la paralysie complète tant il y a d'intervenants avec qui composer – pour se faufiler dans un cadre réglementaire si touffu que personne ne le maîtrise à fond. À force de harcèlement mesuré et de persuasion polie, à force d'étaler habilement les contradictions dont il était témoin, à force d'exaspérer les fonctionnaires qui ne savaient plus comment interpréter les articles de loi, tant la moindre virgule est travestie de dérogations et d'apostilles, Gaspard a fini par obtenir gain de cause sur toute la ligne. Un vrai régal.

— Et puis, un matin, j'ai remis ma démission à mon employeur. J'ai remercié mes collègues de leur accueil et de l'aide inestimable que, sans le savoir, ils m'avaient procurée, en les régalant de toupyne.

Gaspard leur devait sa réinsertion dans le cours d'eau commun. Il était heureux de leur léguer ce petit salut de reconnaissance. Le moment était venu de se lancer dans cette aventure. Il se sentait vraiment excité d'avance de toutes les rencontres à venir, fier de constater les progrès accomplis pour remonter la côte et pour hausser sa cote d'attachement auprès du souvenir imaginaire de ses enfants. Emballé comme un chiot, il lui tardait de refaire le plein de contacts sociaux après cette parenthèse d'itinérance où il n'avait pratiquement parlé à personne. Gaspard comptait bien rattraper le temps perdu.

Il avait cependant fait une croix sur la perspective de reprendre une vie conjugale, de se chercher une nouvelle âme sœur pour revivre les délicieux tourments amoureux. Il n'en éprouvait aucun besoin, aucune envie, pas même physique. Il avait beau avoir réapprovisionné et mobilisé ses ressources, il ne pouvait évidemment faire table rase de tous les pans de son passé. Gaspard ne sentait pas la nécessité, de toute manière, de partager son quotidien, sachant d'avance qu'en vivant tellement sur ses gardes pour ne pas commettre la moindre faute, qu'en multipliant à l'excès les précautions maniaques, il rendrait invivable toute fréquentation de sa personne. Non, il avait plutôt choisi de demeurer fidèle au souvenir de sa femme et de ses enfants.

— Je souhaitais vivre seul, simplement heureux d'être encore à même d'apprécier les plaisirs à portée de main.

Seul, donc, mais non solitaire. Gaspard voulait multiplier les rencontres. Contrairement à ceux qui parcourent le monde à la recherche de racines ou d'une vision d'eux-mêmes, il avait développé une sorte de philosophie inverse. Il plantait plutôt ses jours au même endroit pour laisser venir le monde à lui, au lieu de le parcourir pour aller à sa rencontre. Gaspard pouvait ainsi observer, en tant que témoin ébahi, l'incroyable profusion de diversités et de nuances dont un œil le moindrement exercé peut se régaler sans jamais perdre l'intérêt. Le monde bouge sans arrêt, même quand on demeure rivé au même endroit. Il suffit d'ouvrir les écoutilles.

Au début, c'est bien ainsi que les choses ont embrayé. Il y a quelques mois à peine, quand il est arrivé à ce coin de rue, choisi simplement parce qu'il se trouve à proximité de chez lui, Gaspard pouvait se dire qu'il éprouvait de véritables moments de plénitude. Il prenait un si vif plaisir à voir les gens complimenter sa recette qu'il lui semblait revivre en permanence la magie des vendredis soir avec ses enfants. On croit à tort que les gens se ressemblent tous, moulés aux contours d'une culture à l'uniformité commode. Or, il a fait la connaissance d'un nombre incalculable d'individus dignes d'intérêt. Les personnalités se cachent souvent dans des replis qu'il suffit d'entrouvrir pour en dévoiler l'inépuisable contenu. Beaucoup se sont spontanément confiés à lui et lui ont raconté des histoires touchantes. Gaspard a lui-même pu constater à quel point la peur d'empirer habitait les esprits, à quel point chacun se laisse contaminer par une sorte de venin devant la complexité éprouvante du monde dans lequel ils voguent, toujours craintifs de se fracasser sur un récif. C'est ainsi qu'ils en viennent à se tenir à l'écart du moindre rêve, vaincus d'avance qu'ils sont par la peur de saigner sous les crocs de la déception. Gaspard ressentait un orgueil légitime quand certains lui confiaient qu'il leur servait de modèle pour entreprendre un projet, commettre un geste de pure liberté non dicté par notre système d'interdits et d'idées toutes faites. Gaspard se contentait pourtant en général de les savoir détendus en sa compagnie et heureux de respirer quelques secondes échappées aux obligations et aux corvées.

— Tout baignait. Je ne faisais pas fortune, bien entendu. À trois dollars le plat, je couvrais mes frais, y compris ceux de ma propre subsistance.

Ces modestes revenus suffisaient. Un prix d'aubaine faisait d'ailleurs partie de sa conception. Il ne voulait se couper d'aucun client, même les moins favorisés. Il éprouvait des bonheurs intenses quand de jeunes enfants mettaient dans sa main une poignée de pièces qu'ils avaient dû soutirer de leur tirelire pour s'offrir une toupyne. Gaspard les retenait auprès de lui pour profiter de leur présence. Il les faisait rire, sans qu'ils se doutent comment cette sonorité unique cicatrisait ses plaies. Inutile de mentionner à quel point il a bénéficié de la compagnie du petit Tom, le bien nommé Thomas-Éric. Depuis que le petit était retourné à l'école, Gaspard s'ennuyait de sa curiosité, de ses incessantes questions qui maintenaient le gouvernail de son moral et dont il ne se lassait jamais.

— À ma grande joie, ma petite cantine s'est implantée. Jusqu'à tout récemment, j'avais mon lot de fidèles consommateurs et amis. Je commençais à imaginer comment je pourrais continuer à être ouvert même en hiver. J'ai échafaudé des plans pour aménager cette remise, pour continuer de servir la toupyne dans des plats à couvercle que les gens pourraient apporter chez eux et me remettre la fois suivante. J'avais plein d'idées.

Monsieur Gaspard a interrompu son bilan, le temps de « caler » sa bouteille de bière et de s'en ouvrir une autre. Je lui ai timidement demandé pourquoi il parlait au passé de ses projets.

— Je dis « j'avais », parce que je ne m'imaginais pas la dimension que ma modeste initiative allait prendre.

Gaspard se sentait complètement pris au dépourvu par les débordements des dernières semaines. Il était sidéré par ces confettis du succès qui lui pleuvaient dessus, comme à la noce. Il croyait pourtant avoir trouvé une formule idéale, petit commerce sans prétention, nourriture simple et de qualité, entregent facile et plaisant avec tous ceux qui prenaient cinq minutes pour s'arrêter à la cantine. Et là, il assistait, impuissant, au développement de ce microcosme qui se répandait avec des allures aussi endémiques qu'une grippe aviaire. Gaspard sentait renaître en lui les angoisses qu'il croyait avoir enfouies dans un cul-de-basse-fosse, ces angoisses qui lui tenaillaient le ventre à cette époque où le moindre geste de sa part semblait déclencher une catastrophe.

Gaspard se retrouvait donc au point de départ, sa volonté déchiquetée, à son tour, par la peur d'agir. Son sort qu'il espérait avoir enfin stabilisé et placé sur des rails solides lui échappait. Comment renverser la vapeur à présent?

Tout en se vidant le cœur, monsieur Gaspard s'est approché de la porte de la remise. Il a tendu l'oreille pour vérifier si l'horizon était calme. Puis, avec précaution, il a entrouvert la porte pour me signifier qu'il voulait se reposer.

— Je crois que je vais aller dormir à présent. Je sens le poids de la pression sur mes épaules et ça m'exténue. Merci de m'avoir écouté. J'avais besoin de le dire. Tu es le seul à tout savoir. Peu de gens de nos jours acceptent de porter le fardeau des secrets, et je l'apprécie.

J'étais étranglé par l'émotion. J'aurais tellement

voulu effacer l'ardoise pour lui permettre de revenir quelques semaines en arrière et pour qu'il retrouve le bonheur qui l'habitait. Qu'il ait eu cette confiance de me livrer son secret mettait mes glandes lacrymales à rude épreuve, surtout en apprenant les drames qu'il avait endurés, de quoi détruire les tempéraments les plus blindés. Je comprenais mieux maintenant son affection paternelle pour Thomas-Éric et son incroyable dévouement lors de l'incendie dans le quartier. Mais en même temps, peut-être était-il cet homme si attachant en raison même des effroyables coups du sort qu'il avait essuyés. Il pouvait apprécier chaque seconde qu'il vivait, sachant ce qu'il avait dû débourser pour parvenir à ce stade de son existence.

— Au revoir, Gaspard. Bonne nuit…

C'est tout ce que j'ai trouvé à dire. Je revois encore le visage de monsieur Gaspard, blême, les traits tirés, au bord de l'épuisement, au moment où il refermait la porte derrière lui avec un bruit de caveau. Et je n'avais rien trouvé de mieux que ce puéril « Bonne nuit ». C'était éminemment regrettable pour cette dernière fois où je m'adressais à lui. Je n'allais en effet le revoir qu'à une seule autre occasion après cette funeste journée, car, durant une semaine, et pour la première fois de l'été, il a carrément disparu.

CHAPITRE 16

Le matin suivant, j'ai eu droit aux honneurs d'un réveil pénible, après une nuit de roulis et un sommeil entrecoupé de mauvais rêves. Je n'avais mal ni à la tête, ni aux jambes, ni au ventre; non, ce matin-là, tout simplement, j'avais mal… à la vie. Ce genre de lourdeur lancinante qui nous fait douter du besoin de respirer, quand on sent que, peu importe les efforts, les pensées ne trouveront aucun rebord à quoi se retenir. Une de ces journées perdues d'avance où on souhaiterait demeurer couché, le temps que la marée de désespoir qui nous engloutit ait reflué et que, soudain, la perspective de se remettre debout apparaisse comme une option valable.

Ce sont les gueulements qui m'ont finalement tiré du lit. En me frottant les yeux et les reins, je me suis approché de la fenêtre. Une foule compacte rugissait son mécontentement, car la cantine n'occupait pas son emplacement consacré sur le trottoir. Le temps indiqué sur l'horloge témoignait du retard anormal de monsieur Gaspard. Où était-il passé? Un problème lui était-il arrivé? Avait-il pris la fuite une nouvelle fois pour échapper à ses poursuivants? Je m'inquiétais surtout qu'il soit tombé malade, après avoir constaté la veille son état précaire et son apparence de vaincu. J'ai revêtu mes fringues en vitesse, j'ai déboulé les marches quatre à quatre et je me suis rendu à la remise pour tenter d'en savoir plus long.

Là, un autre rassemblement s'était formé. Certains exaltés martelaient la porte à grands coups de poing. Ils réclamaient son ouverture et la présence immédiate de Gaspard. Tout ce cirque commençait à friser la démesure et l'absurde. On ne parlait que d'une recette de cuisine, après tout! Nous n'étions pas à l'urgence d'un hôpital où des vies sont en jeu! Nous n'étions pas au parlement où des lois qui régissent le fonctionnement d'un pays sont débattues et votées! Nous n'étions pas devant une usine qui vient de virer sauvagement l'intégralité de ses employés pour déménager la production dans un pays émergent! La toupyne ne générait, à ma connaissance, aucune accoutumance. Rien qui puisse justifier une telle agitation, indépendamment de la popularité de monsieur Gaspard et de sa spécialité culinaire. La rançon du succès n'expliquait pas tout, surtout pas cette perte de mesure à saveur d'émeute à laquelle j'assistais.

Et puis, j'ai compris. Je captais quelques bribes de phrase dans la cohue générale. En assemblant ces propos, j'ai fini par apprendre la nouvelle colportée par la rumeur : monsieur Gaspard avait été arrêté! Ce que j'avais d'abord interprété comme un affolement de junkies en manque de leur drogue de toupyne était en réalité une vague de colère à l'endroit des autorités qui avaient prétendument fait cesser le commerce de la cantine mobile et mis le grappin sur son propriétaire. D'où ces contestataires outrés et indignés qui lançaient des ultimatums pour la libération de celui qui avait si bien conquis leur entier capital de sympathie.

Cependant, personne n'avait assisté à cette arrestation, personne ne pouvait confirmer où monsieur Gaspard était détenu, personne ne l'avait d'ailleurs aperçu. En d'autres mots, la rumeur, partie d'on ne sait où, prêtait à caution. En l'absence de témoignages fermes, rien ne permettait de jurer à l'emprisonnement sous haute surveillance de monsieur Gaspard. Ces remous, et les discussions enfiévrées qu'ils déclenchaient, devenaient hasardeux, assez pour attirer quelques patrouilles suite à des plaintes du voisinage, inquiet d'un débordement d'humeur. Les policiers, à peine descendus de voiture, ont été accueillis avec des huées nourries. On les rendait responsables de la situation tendue. On ne permettait pas qu'un brave type comme monsieur Gaspard, innocent petit commerçant devenu symbole de réussite et modèle d'initiative personnelle, puisse voir ses visées philanthropes contrariées au nom de l'ordre ou de la salubrité de la voie publique. Une cannette vide, tirée de la poubelle pleine et lancée dans leur direction, a provoqué une retraite prudente des agents à l'intérieur de leur voiture de patrouille, retraite saluée par des clameurs de victoire des manifestants. Mais l'idée de bombarder les policiers n'était pas la plus brillante.

Une heure plus tard, un débarquement de matraques vidait la place en moins de deux. Les convictions les plus solides résistent mal à la bastonnade. Cette action, prévisible en soi, fut cependant fort mal accueillie par une population au baromètre orageux, en mal de sujets de défoulement et foncièrement méfiante à l'égard du maintien de l'ordre. Les médias trouvèrent immédiatement dans l'incident de quoi alimenter leurs manchettes. Ils s'empressèrent de dépêcher quelques journalistes sur place pour enregistrer leur ration de postillons. Toute la soirée, des diffusions filmées de la scène, des sondages d'opinion avec les passants, des communiqués de protestation contre la brutalité policière, des commentaires d'un invité spécialisé dans «les modalités des flux urbains centraux et afférents», l'avis éclairé du conseiller du quartier divisionnaire de l'arrondissement et des images bucoliques de la cantine de monsieur Gaspard ont monopolisé les temps d'antenne. Une véritable aubaine. La fin des émissions et une pluie drue, qui a dispersé les manifestants revenus sur place après le départ des policiers, ont conclu cette première journée sans monsieur Gaspard.

Évidemment, tout ce battage médiatique a rameuté son lot d'agitateurs. Loin de calmer les esprits, les dénégations des autorités policières sur l'arrestation de monsieur Gaspard ne firent qu'attiser les braises et relancer les spéculations sur la disparition du sympathique marchand. Tous criaient au mensonge et à la manipulation. D'aucuns y voyaient un complot des grandes surfaces et des chaînes alimentaires, effarouchées par les pertes présumées que la cantine mobile leur faisait subir, argument qui, à mon sens, ne possédait pas davantage de logique que lorsque les compagnies pétrolières justifient les cavalcades du prix de l'essence en janvier par la saison des cyclones à venir en juillet. D'autres certifiaient que monsieur

Gaspard avait été éliminé par la mafia parce qu'il refusait la protection. Certains spéculaient même sur l'emplacement où on retrouverait Gaspard les mains liées derrière le dos et une balle dans la nuque. Peut-être avait-il été kidnappé pour qu'il livre sous la torture le secret de confection de la toupyne. Rien ne semblait pouvoir enrayer ce délire d'affirmations creuses et d'hypothèses farfelues.

J'assistais impuissant au manège déréglé de la passion populaire. De toute façon, qu'y avait-il à faire? Lorsque des chiens affamés se jettent sur un os, ce n'est pas le moment de leur lancer une balle à attraper. Mais la fièvre qui avait gagné les adulateurs de monsieur Gaspard se communiquait d'heure en heure à de nouveaux adeptes. À leur tour, ils venaient grossir les rangs des récriminateurs qui imploraient le retour de la cantine mobile et envahissaient le coin de rue choisi pour son petit commerce. Je m'inquiétais bien davantage du sort de monsieur Gaspard. Était-il terré chez lui, dans l'attente que la tempête s'apaise? Cherchait-il à se faire oublier? Avait-il vraiment été victime d'une arrestation, d'un accident ou d'un malheur? La porte de sa remise, seul accès à son univers que je connaissais, demeurait obstinément close. Je ne voyais pas par quel moyen entrer en contact avec lui. Aucun élément nouveau ne venait contrebalancer les prises de position déchaînées qui enflammaient les tribunes téléphoniques de l'après-midi et qui faisaient les choux gras des animateurs à langue de vipère.

Le troisième jour, un éditorial du bien connu Pierre Foualier est paru dans le journal du matin et a aussitôt fait enfler le flot des sympathisants à Gaspard, comme une mousson en temps de séche-resse remonte le niveau des rivières :

À la petite échelle humaine

J'arrivais du bois où j'ai ramassé mes premières chanterelles, deux poignées qui ne couvraient même pas le fond du panier. Je les renversais sur la table de la cuisine quand ma fiancée m'a dit : « Monsieur Gaspard a disparu. La cantine mobile n'est plus. » Ainsi surgit la bêtise dans l'inanité d'un après-midi d'été, un après-midi pour aller aux champignons, un après-midi grisouilleux, parfait pour chroniquer la-vie-mon-vieux, mais soudain la bêtise. La bêtise mon jeune.

J'ai commencé à nettoyer mes champi-gnons en me demandant pourquoi un com-merce à la petite échelle humaine devait périr sous les coups de talon de la bêtise. Je ne me le demandais pas comme un chroniqueur qui s'apprête à écrire, je venais de décider de ne pas chroniquer, je me le demandais comme un vieux monsieur qui aura soixante-dix ans bientôt, qui revient des champignons (et de bien d'autres choses), un peu fatigué de sa marche.

Pouvez pas imaginer comme ça me tue. Tout est comme ça, tout le temps. Voltaire a écrit Candide pour dire que « tout est pour le mieux dans le meilleur des mondes possibles ». Je me propose d'écrire la suite; ça va s'appeler « Ducon » et ce sera pour dire que tout est pour le mieux, anyway .

On est en train de faire de la lucidité une question de perspective alors que c'est surtout une question de distance par rapport à l'objet. Juste un petit pas en arrière et qu'est-ce qui reste? La bêtise et son cortège d'imbéciles qui n'acceptent pas les dérogations à leurs credo de la mise en marché et à leur culte du dieu profit.

En attendant, j'ai raté l'occasion de m'acheter une assiette de toupyne. Je suis sûr que mes chats s'en seraient pourléché les pattes.

Les doctrinaires ont tout de suite entendu dans ce texte l'écho de leur indignation envers les monopoles. Des concerts de voix courroucées se sont élevés pour exiger le droit à la libre entreprise équitable, à l'exercice sans entraves du commerce individuel. Monsieur Gaspard était une victime désignée du système. Il devenait le principal enjeu des combattants pour les justes causes. Il exaltait le sentiment d'impuissance devant un avenir bouché. Mieux, il canalisait l'exaspération qu'entraînent la rigidité et l'encadrement trop étroit. On réclamait de l'air! Du souffle! Des ailes! Et d'abord et avant tout le droit de vie au souriant négoce de monsieur Gaspard. La rectitude politique – comme celle qui condamnait *Tintin au Congo* en tant qu'ouvrage raciste – était crucifiée sur la place publique au nom de la liberté d'expression que monsieur Gaspard personnifiait avec un mérite digne de la Légion d'honneur et de l'Ordre du Canada.

À la cinquième journée de disparition, le mouvement de protestation s'envenimait dans des proportions redoutables. Des manifestants campaient soir et matin sur le site de la cantine et refusaient de bouger, bloquant la rue et improvisant un souk où on servait de la saucisse biologique, des brochettes de tofu et du pain de blé entier au levain cuit dans des fours à bûches de bois aggloméré, spécialement conçus pour diminuer les émanations polluantes. Des routards, avec leurs sacs à dos Kanuk imperméabilisés, leur matériel de camping haut de gamme et leurs sandales Birkenstock, faisaient le détour pour participer au mouvement de libération. Les curieux affluaient en signe de solidarité, fiers d'afficher sans péril leur bonne conscience. Ils achetaient un macaron à l'effigie de monsieur Gaspard, scandaient des slogans vengeurs, chantaient des cantiques avec les amuseurs publics, signaient une pétition sur un rouleau de papier recyclé avec un stylo à encre biodégradable. Des tracts étaient imprimés sur place, distribués aux passants et placardés sur tous les poteaux téléphoniques de la ville, comme pour une tête mise à prix. Un groupe de blogueurs se relayaient d'heure en heure. À l'aide de leur puissant ordinateur portable à boîtier translucide connecté à Internet par une liaison sans fil et à haute vitesse, ils animaient en direct un site de réseautage pour tenir la planète informée des derniers développements. Chaque fois qu'ils recevaient un message de solidarité en provenance d'Oulan-Bator ou de Cotonou, ils s'empressaient de le lire à voix haute sous les acclamations d'une foule en délire.

Quand je revenais le soir de mon travail, j'avais toutes les peines à me frayer un chemin jusqu'à ma porte d'entrée. Je devais enjamber des campeurs endormis dans leur sac de couchage en duvet de canard synthétique, éviter les chiens de race au poil ras lustré qui jappaient avec les crocs bien en évidence, contourner les poussettes aérodynamiques à trois roues, avec auvent pare-soleil, moustiquaire rétractable, compartiment à couches, roulement à billes et suspension assistée, dans lesquelles des poupons braillaient à s'expectorer les poumons. Je m'empressais de barricader la porte derrière moi avant qu'un mercenaire ne me réclame l'usage de la douche ou une chambre pour la nuit. Je poussais un soupir de soulagement d'y être parvenu sans avoir été réduit en charpie. Je débouchais une bouteille de riesling, histoire de me remettre de mes émotions, et je m'installais devant ma fenêtre pour observer cette foire qui ne dérougissait pas de la nuit.

Le sixième jour, la tension a culminé. Les autorités de la ville ont demandé à la police de nettoyer la place, ce que le chef des forces de l'ordre a catégoriquement refusé, car, en l'absence d'autorisation formelle et déclaratoire de la part du maire délégué de la section quatre de l'arrondissement et dûment contresignée par un juge de paix en exercice, il n'était pas question d'intervenir et de procéder à une action musclée sous peine d'être mené tout droit devant la Commission des droits de la personne. Un fourvoyé de la mairie a alors proposé le recours à l'armée, ce qui lui a valu d'être vertement rabroué au nom de l'inaliénable intégrité du territoire, sans compter une vigoureuse levée de boucliers de la part des idolâtres du drapeau pour qui une ingérence des forces militaires était totalement inacceptable en dehors des catastrophes naturelles.

Les éboueurs contestaient par mise en demeure leur devoir de ramasser la toujours unique poubelle qui croulait sous les déchets. Le site commençait d'ailleurs à empester le manque d'hygiène. Je soupçonnais des malveillants de se soulager dans les coins. Des détritus jonchaient la rue, piétinés avec indifférence par la foule fervente. La promiscuité érodait en sourdine la façade de bonne humeur. Des engueulades surgissaient à l'improviste, rapidement calmées par les volontaires du service d'ordre. Quelques bousculades laissaient entrevoir une débâcle de la consigne de camaraderie. Les esprits surchauffés empuantissaient l'air.

Une semaine après la disparition de Gaspard, sans que personne ne sache toujours où il se terrait, le fruit était mûr pour une mêlée décisive. Le soleil encore bas réchauffait les noctambules et les fêtards attardés sur le coin de rue, lorsque les sirènes ont retenti au loin, annonçant avec tintamarre que l'heure d'en découdre était venue. La veille, les sondages accordaient la majorité à ceux qui étaient d'avis qu'il fallait disperser ces « fainéants » et ces « provocateurs ». Ces compilations statistiques ont cependant donné lieu à de virulents débats. Des experts analysaient l'habituel traficotage des chiffres et assuraient que les pourcentages ne reflétaient aucunement le sentiment général; d'autres certifiaient au contraire qu'en dépit d'une marge d'erreur de trois pour cent, les sondages captaient le pouls réel de la population inquiète de ce climat d'insurrection et justifiaient une action énergique au plus tôt. Les partis d'opposition menaçaient de faire tomber le gouvernement au prochain budget s'il ne prenait pas immédiatement les mesures pour rétablir l'ordre et donner une leçon aux émeutiers chevronnés et aux revendeurs de drogue qui avaient infiltré les rangs des contestataires. Le maire de la ville déplorait d'avoir les mains liées. Il avait dû revenir précipitamment de vacances et faisait «tout en son possible» pour dénouer l'impasse.

Les modalités d'une intervention ont finalement été adoptées, au prix de contorsions et de compromis négociés durant toute la nuit. La rumeur s'en étant déjà mêlée, il n'y eut pas de véritable surprise lorsque les sirènes, donc, signalèrent au loin l'arrivée d'un contingent de policiers mandatés pour récurer les lieux. Ils avaient ordre de disperser l'occupation, ces impudents qui gâchaient la réputation de la ville au même titre que les parcours de combattants sur les chaussées criblées de cratères, les stationnements à ciel ouvert plus vastes que les parcs paysagés et les rescapés punks laveurs de pare-brise installés à tous les coins de rue.

Une barricade improvisée, faite de bacs de récupération, a été dressée en vitesse par les insurgés qui refusaient de quitter le champ de bataille tant qu'on n'aurait pas satisfait leurs revendications. Les policiers, avec casque à visière, gilet en kevlar, bouclier anti-projectiles, bombes lacrymogènes, poivre de Cayenne et matraque à décharge électrique, ont pris position au bout de la rue. Des sympathisants accouraient pour grossir les rangs des résistants, tandis que la nouvelle d'un déploiement des forces de l'ordre se répandait. Il n'était pas question de concéder la moindre parcelle de territoire. Chacun, tant du côté des policiers que des manifestants, savait cependant qu'il valait mieux éviter une confrontation violente et les blessures longues à panser. On se contentait de s'observer de loin, épreuve de chiens de faïence, épandage d'émotions fortes, exaltation de l'incomparable sentiment du devoir de part et d'autre.

Des reporters salivaient d'avance à l'idée de décrire en direct l'affrontement dont ils espéraient le déclenchement imminent. Des caméras avaient pris position à des endroits stratégiques. J'étais tenté de céder au plus offrant la vue imprenable de ma fenêtre, mais ce n'était pas le moment des vils marchandages. L'heure était grave, comme on dit dans les feuilletons.

C'est alors que, contre toute attente, au moment

où la tension démangeait les rangs des belligérants et risquait d'exploser d'un instant à l'autre, quelqu'un a crié l'inespéré :

— Le v'là! C'est lui!

Ce cri lancé comme par une vigie découvrant l'Amérique a mis fin au silence chargé et fait virer toutes les têtes. À la surprise générale, voici que s'amenaient Clotilde et Hubert, fendant avec autorité la foule compacte, suivis par... monsieur Gaspard et sa cantine!

Un accueil d'anthologie a salué cette apparition en laquelle plus personne ne croyait. On applaudissait, on se félicitait mutuellement, on lançait des casquettes dans les airs, on tapait sur les épaules de Gaspard. Le héros du jour réapparaissait enfin. Pour un peu, je suis sûr que, sans la présence de ses amis policiers qui l'encadraient et qui décourageaient les entreprises trop hardies, on l'aurait porté en triomphe ou on aurait mis ses vêtements en pièces pour rapporter un souvenir.

D'abord estomaqué par ce revirement de situation, j'ai senti le soulagement m'envahir, ému de revoir ce cher monsieur Gaspard en chair et en os, une semaine après avoir écouté sa longue confession dans la remise. Pouvait-on espérer que tout se termine pour le mieux? Allait-il reprendre les commandes de la cantine au milieu d'une accalmie et de la raison enfin retrouvée? Je l'espérais, mais, en même temps, j'observais chez lui certains signes inquiétants. Il était blême et verdâtre comme un fenouil, un sourire pétrifié aux lèvres. Il semblait souffrir d'un cancer généralisé en tirant sa cantine. Il avançait d'une démarche laborieuse et indécise. Toute l'assurance benoîte qui transpirait de lui auparavant s'était évaporée. Et pourtant, il a pris position, les roues toujours bien alignées sur ses repères, apparemment résigné à subir la suite des événements, quelle qu'elle soit.

Pendant ce temps, les manifestations de joie de ce retentissant succès se poursuivaient parmi les supporters de Gaspard. Le fait d'avoir remporté la partie a chamboulé quelques esprits, comme après un championnat conquis de haute lutte. Les sarcasmes et les insultes arrogantes envers les forces policières, toujours bien cordées et en attente des instructions, ont commencé à fuser sur ces cibles idéales. Avant que la situation ne dégénère, un mégaphone a tonitrué son ordre de dispersion.

— OK, là, terminé. Dernier avertissement! Que tout le monde se retire immédiatement! Rentrez chez vous! Y a plus rien à voir! Circulez!

Des huées ont enseveli les derniers mots. Pourquoi ces automates en uniforme ne choisissaient-ils tout simplement pas de réintégrer leur caserne et de laisser libre cours à la liesse populaire? Liesse qui se muait distinctement en rancœur devant cette provocation délibérée. On voulait empêcher la foule de célébrer? Qu'à cela ne tienne! On n'allait pas abandonner si rapidement les festivités et les réjouissances de la victoire!

Mais les policiers semblaient sérieux. Ils ont effectué un pas en avant, faisant bondir le taux d'adrénaline. Des cris d'excitation, des cris de provocation, des cris de rage, des cris de rassemblement, des cris d'encouragement et quelques cris de panique éclataient en pagaille. Certains cherchaient des madriers ou des bâtons de baseball pour se défendre, des projectiles à lancer, des casques de vélo pour se protéger des coups de matraque, des couvercles de poubelle en guise de bouclier, tout ça dans un indescriptible tohu-bohu.

Et, comme toujours, il a fallu un geste malheureux pour mettre le feu aux poudres, le bon sens n'obtenant jamais gain de cause dans les conflits déclarés. Geste malheureux ou délibéré? On pouvait se poser la question tant cet acte de stupidité ressemblait à un signal convenu, tant cela tombait pile pour la suite des événements.

Toujours est-il que, à la surprise générale, l'unique poubelle, encore pleine de ses déchets, s'est alors envolée pour retomber quelques mètres plus loin devant les rangs policiers qui n'en demandaient pas tant. S'ils attendaient un prétexte pour agir, on venait de leur en livrer un en mains propres, même s'il s'agissait d'une poubelle. L'ordre ne se fit pas attendre :

— Chargez!

Comme le premier pas était amorcé et provoquait un reflux immédiat de la foule, un cri particulièrement autoritaire, suivi de plusieurs coups de sifflet, a retenti avec assez de force pour détourner l'attention, générer un moment de flottement et mettre en suspens l'affolement qui s'annonçait. C'est Hubert qui avait pris l'initiative de stopper l'avancée de ses collègues et qui hurlait à présent ses directives. Avec une bonne raison : monsieur Gaspard venait de s'écrouler par terre et reposait sur le dos, inanimé!

J'étais penché par la fenêtre, au bord de tomber, le cœur palpitant. Les flics, craignant de commettre une gaffe à la vue d'un collègue en uniforme, ont stoppé leur élan, dans l'attente d'ordres plus précis, hésitant devant une situation non prévue dans leur cahier de procédures. Avant que la cohue ne s'installe, Hubert et Clotilde ont encerclé Gaspard et repoussé à grand-peine les secouristes insistants qui se précipitaient pour lui venir en aide. Monsieur Gaspard allait périr étouffé lorsqu'un enfant s'est rué sur lui en s'écroulant en larmes sur sa poitrine :

— Papa! Papa!

Papa? Thomas-Éric? Était-ce bien lui? Sans l'ombre d'un doute, puisque Mélany s'est approchée à son tour pour consoler son fils. L'émouvante scène a refréné les ardeurs des bonnes âmes brevetées. Une sorte de digne respect les tenait à distance, suffisamment pour permettre à Andy de faire son entrée à son tour!

— Laissez passer! Je suis médecin!

Je l'ai vu se pencher sur Gaspard, tandis qu'Alex apparaissait lui aussi et dépliait une civière. Ensemble, ils ont soulevé monsieur Gaspard et l'ont déposé avec précaution sur la toile. Puis, ils ont agrippé la civière et ont tourné le coin en vitesse, suivis par tous les regards stupéfaits. Je les ai aperçus entrer la civière dans une fourgonnette, prendre place à l'intérieur du véhicule et filer rapidement à travers la trouée que Clotilde et Hubert leur avaient préparée entre-temps.

Tout ce dénouement s'est déroulé en moins de deux minutes. L'état de choc qui a suivi ressemblait à s'y méprendre à celui que subissent les partisans survoltés lorsque leur équipe favorite se fait marquer un but en prolongation d'un match décisif. Personne ne disait mot. Chacun semblait assommé par cette brutale chute de tension. Silencieuse, la foule s'est retirée comme un brouillard. Les policiers en faction ont reçu l'ordre de reculer. Il n'y avait plus aucun motif de foncer sur une position qui se résorbait d'elle-même. Mieux valait opérer une retraite ordonnée, à l'image de celle en cours chez les supporters de la cantine.

J'étais abasourdi. J'avais les yeux qui sortaient des orbites. Qu'est-ce que c'était que ce cirque? Qu'était-il arrivé à Gaspard? Quel hasard faisait apparaître tout à coup mes amis rencontrés à la cantine et qui accouraient au chevet de monsieur Gaspard comme dans une pièce de théâtre? Où étaient-ils partis? À l'hôpital, sûrement? Je me perdais en conjectures. Je voyais les reporters, la mine contrariée, cherchant à interviewer les gens qui abandonnaient la partie. Les pauvres scribouilleurs se faisaient rabrouer sans ménagement. Moins de vingt minutes plus tard, il ne restait plus qu'une poignée de fidèles sur les lieux. Ils tournaient autour de la cantine abandonnée comme on le ferait pour une relique ou un catafalque, glissant une main timide sur les couvercles de marmite, essuyant une larme devant une fin si déplorable, inquiets eux aussi pour le sort de ce pauvre monsieur Gaspard. La rue était tapissée de déchets. La poubelle, qui avait failli provoquer une émeute, gisait en travers de la rue comme un dérisoire blessé de guerre.

Le soir venu, une escouade de cols bleus, armés de béliers mécaniques et de camions, a fait irruption. En moins d'une heure, ils ont fait place nette des derniers vestiges des événements de la semaine. J'ai filmé la démolition de la cantine à grands coups de pelle, puis son ramassage et son évacuation par camion. C'en était fait de l'épisode ensoleillé de la cantine mobile.

Je me suis étendu sur le lit, incapable de trouver le sommeil. J'ai siphonné une demi-bouteille de cognac, l'élastique de la culpabilité étiré au maximum. Je refusais de croire que ce mauvais imbroglio et sa conclusion misérable aient pu prendre naissance après la publication de mon petit reportage sur Internet, même s'il avait fait de Gaspard un symbole à l'encontre du mécontentement et du marasme ambiant. Le cerveau en coton, je revivais le déroulement de la journée, le ballet des protagonistes, les fureurs échangées, la tension montée sur un ressort, la stupeur glaciale quand monsieur Gaspard est tombé par terre. J'étais étourdi de sentiments et d'impressions contradictoires.

Pourtant, quelque chose clochait. Une écharde plantée dans mes pensées ne cessait de me démanger et de me faire revivre ces instants comme pour m'obliger à débusquer l'élément discordant. Je cherchais à mettre le doigt sur la fêlure du tableau, sur la dissonance dans ce dénouement imprévisible des incidents.

Papa?

ÉPILOGUE

La cantine de monsieur Gaspard cessa d'intéresser les médias dès la mise hors de combat du principal intéressé. Au même moment, l'équipe locale de hockey venait de remporter son dixième match en début de saison, et chacun pronostiquait les chances que le record du plus grand nombre de gains d'affilée puisse être battu. Un concert de klaxons saluait chaque victoire comme si la coupe Stanley avait été gagnée. Les fans en délire arboraient sur leur voiture des fanions aux couleurs du club. Les pages frontispices des journaux se vouaient entièrement aux exploits des joueurs, et aucun autre sujet de conversation, pas même le déclenchement d'élections, ne valait le mérite de s'y arrêter.

Pendant ce temps, en apparence seul de mon camp, je cherchais désespérément à savoir ce qu'était devenu monsieur Gaspard. J'épluchais les quotidiens et les forums de discussions à la recherche d'un entrefilet ou d'un indice qui m'aurait permis de le retracer et de connaître son sort. Était-il seulement encore vivant? Je cognais en vain sur la porte de sa remise, sous le regard désapprobateur des passants qui me prenaient pour un des fous en liberté ayant failli mettre leur quartier à feu et à sang. Personne ne répondait à mes coups. La cloison de bois demeurait obstinément muette.

J'ai appelé tous les hôpitaux pour m'informer d'un patient qui se prénommait Gaspard. Aux questions impatientes des téléphonistes, tandis que j'entendais dans le combiné le standard rugir d'appels pressants, je devais admettre que je n'avais jamais su son nom de famille. De toute manière, personne ne semblait correspondre au signalement et on me priait à peine poliment de ne plus déranger. Je me suis rendu à l'hôpital où Andy travaillait, mais on m'a appris qu'il avait démissionné sans qu'on puisse m'en dire davantage.

Il me restait Hubert et Clotilde. Rien à faire de ce côté non plus. Le fait d'ignorer également leur nom de famille rendait mon initiative suspecte, surtout pour des policiers. Mes démarches dans les postes de quartier sont demeurées vaines. On me regardait avec l'air soupçonneux de circonstance et, bien abrité derrière les règlements en vigueur et les clauses de confidentialité sur les données nomi-natives concernant le personnel, on refusait de me fournir la moindre information.

Cette hantise de la «protection des rensei-gnements individuels» a continué de jouer contre moi quand j'ai ensuite essayé de trouver le centre où travaillait Alex, ainsi que la bibliothèque de Mélany. Même en me présentant en personne, même en insistant sur l'«y» de Mélany, je n'ai pas réussi à les retrouver en mentionnant leur seul prénom. Je devais me faire une raison. Je ne pouvais quand même pas consacrer tout mon temps à jouer les détectives. Devant les obstacles, j'ai fini par me résigner. Je consultais les pages nécrologiques avec la vague appréhension d'y lire une mention à un marchand de toupyne. J'avais l'impression de personnifier un roman de Kafka, à force de me faire renvoyer de portes closes à préposés liés par le secret professionnel. De toute manière, rien ne me garantissait que ceux que je cherchais en sachent davantage que moi sur le sort de monsieur Gaspard. Ce doute émoussait gra-duellement ma volonté, sans compter que, sous sa nouvelle identité, monsieur Gaspard ne devait pas être répertorié dans beaucoup de registres. Peu d'espoir de ce côté, donc, surtout en ignorant son nom de famille.

De fil en aiguille, la routine des jours a repris ses droits. Quelques mois se sont écoulés à épuiser mes idées de recherche et mes maigres indices sur monsieur Gaspard. J'abandonnais la partie, essayant de départager mes sentiments, surpris de cette société soudainement muette alors qu'elle s'était si récemment enflammée pour le marchand de la cantine mobile. Une sorte d'amnésie collective semblait avoir frappé le quartier. Après le petit frisson d'honneur que s'étaient accordé les sympathisants de Gaspard, le virus de l'indifférence avait à nouveau contaminé les esprits. Le poids des obligations et la lourdeur des conventions laminaient comme à l'accoutumée les meilleures volontés. Chacun a déjà bien assez de soucis à régler sans devoir ajouter ceux des autres. Un épisode de plus à reléguer aux oubliettes du passé. Chacun réintégrait sa bulle et son image idéalisée qui met à l'abri de la culpabilité et donne bonne conscience face à l'immobilisme.

Et puis, comme souvent, comme dans un véritable roman, le hasard a bien fait les choses. Le hasard, ce curieux phénomène inexpliqué et inexplicable qui aime autant jouer les trouble-fête que les bienfaiteurs. Ce même hasard qui avait fait apparaître la cantine mobile sous ma fenêtre et qui m'a fait entrer dans cette clinique, cinq mois après la disparition définitive de monsieur Gaspard. Je souhaitais consulter un médecin pour une toux persistante, en plein cœur de l'hiver. J'avais résisté à l'appel pressant d'une consultation à l'hôpital devant la mare humaine qui stagnait dans la salle d'attente, mais, avec la dégradation de mon état, j'ai pris mon courage à deux mains et je l'ai transporté jusqu'à une clinique où j'estimais mes chances de rencontrer un médecin à une dizaine d'heures d'attente au lieu de quelques jours.

Quand mon tour est enfin venu, je suis entré dans le cabinet, soulagé de la délivrance proche. Je me suis assis devant un docteur avec un visage glabre et des cheveux roux. Il me regardait sans dire un mot et en plissant les yeux comme si son cerveau souffrait d'une trop grande sollicitation. J'attendais qu'il se prononce. Ayant encore un peu de patience à offrir avant de pouvoir enfin retourner chez moi nanti d'un billet signé avec lequel je pourrais justifier les prochains jours de congé à me refaire un système pulmonaire, je m'amusais à observer la déclinaison de ses mimiques. C'est alors qu'il a souri de toutes ses dents en me tendant la main :

— *Hi!*

Je l'ai alors reconnu, même sans sa barbe.

— Andy?

— Eh oui! Comment ça va?

Je n'en revenais pas. Je venais de retrouver un de ceux que j'avais mis des semaines à chercher sans succès!

— C'est ici que tu sévis, maintenant?

— En plein ça. J'en avais assez de la pression à l'hôpital. Je n'arrivais plus à trouver le sommeil tant je craignais de commettre une gaffe. Le manque de moyens, l'invasion permanente de malades et d'éclopés, la bureaucratie et les formulaires innombrables, même pour commander une boîte de gants de latex, ont fini par me gruger les nerfs. J'ai donc quitté l'hôpital tandis qu'il m'en restait encore quelques filaments. Ici, dans cette clinique ordinaire, je retrouve peu à peu la paix d'esprit. Je ne fais qu'émettre des ordonnances et écouter les clients se plaindre de leurs petits bobos. Je n'aurais jamais imaginé ça aussi reposant et aussi nécessaire! Et toi? Quoi de neuf?

— À part ma bronchite, rien de majeur. Tu t'es fait couper la barbe, à ce que je vois? Je ne t'ai pas reconnu tout de suite sans ta couronne de Noël!

— Bien oui, je me suis finalement décidé. J'ai un peu l'impression d'être nu, mais ma femme ne se plaint plus d'avoir un cheveu sur la langue!

Sur ces bonnes paroles, le moment était enfin venu d'apprendre peut-être la vérité sur cette mystérieuse disparition de monsieur Gaspard.

— Andy, tu te doutes que j'ai une question pour toi.

— Bien sûr. Et je vais même y répondre avant que tu ne la poses. Oui, monsieur Gaspard est en vie! Et il va bien!

Andy a éclaté de rire comme après une blague grivoise. Il en a bien évidemment profité pour me faire saliver un peu. J'étais suspendu à ses lèvres. Et puis, il a tout déballé, comme si son temps lui appartenait et la salle d'attente n'était pas surpeuplée.

Le soir même, tout de suite après notre rencontre dans sa remise, Gaspard est venu voir Andy qui était de garde à ce moment. Il a demandé à le rencontrer avec une telle insistance que le message a fini par lui parvenir.

— Dès que j'ai su qu'il me cherchait, je l'ai fait passer devant tout le monde pour m'occuper de lui.

Comme il tombait dans sa pause, Andy pouvait agir ainsi en bonne conscience. D'autant plus que Gaspard semblait lessivé, au bout du rouleau. Il voulait des tranquillisants, des somnifères, toute une pharmacopée pour l'aider à «s'échapper du cauchemar», comme il disait, dont il était prisonnier. Ses mains tremblaient sans arrêt. Il faisait vraiment pitié, le pauvre.

— Je l'ai écouté attentivement et après j'ai pris une décision. Je lui ai dit de patienter dans la salle d'attente et de relaxer. J'allais m'occuper de lui après ma fin de journée prévue deux heures plus tard.

À l'heure dite, Andy a ramassé Gaspard, terré dans un coin de la salle, épouvanté à l'idée qu'on le reconnaisse. Andy l'a conduit chez lui et installé dans la chambre d'amis. Il lui a fourni quelques pilules pour l'aider à récupérer et lui a souhaité bonne nuit. Entre-temps, il a échafaudé un plan pour le tirer d'affaire, plan qu'il a exposé à Gaspard le lendemain. Pour la première fois depuis des semaines, monsieur Gaspard a esquissé un sourire. Il a repris quelques couleurs devant la perspective de voir l'orage se dissiper enfin.

Il a fallu une semaine pour mettre le stratagème au point, la fameuse semaine durant laquelle monsieur Gaspard a disparu de la carte. Le temps également d'enrôler Clotilde, Hubert, Alex et Mélany.

— C'est pas vrai! J'ai prospecté toute la ville pour les retrouver! Comment as-tu fait?

— Gaspard savait où les trouver. Je les ai contactés discrètement avec un rôle en tête pour chacun d'eux. Tous ont donné leur accord pour collaborer à notre petite mission.

L'objectif était de libérer Gaspard, enchaîné au succès de sa cantine. Le seul moyen consistait à faire retomber la liesse populaire en faisant croire qu'un malheur lui était arrivé et à laisser planer l'incertitude sur son sort. Pendant ce temps, il se planquait quelque part, le temps de remettre ses pendules à l'heure et de disparaître des intérêts médiatiques jusqu'à ce que tout espoir de le revoir s'évanouisse.

Mais il fallait agir vite, car de plus en plus d'envahisseurs cernaient la place, et il risquait d'y avoir une explosion avant que le plan puisse être mis à exécution. Lorsque la police a annoncé son intention d'intervenir, le moment de foncer était venu. Andy a bourré Gaspard de calmants, tant il était nerveux à l'idée de retourner à son coin, et Alex lui a rappelé les consignes. C'est ainsi qu'il est sorti de sa remise, tirant sur sa cantine, vide de tou-pyne, car ça n'avait aucune importance.

Il y avait un problème de taille, cependant. Si Alex avait pu stationner sa camionnette relativement près de la scène, encore fallait-il trouver le moyen de parvenir à Gaspard et de le tirer de là en dépit de la foule massée sur les lieux. La situation se corsait avec la descente des flics qui ne semblaient pas là pour un numéro de claquettes. Clotilde et Hubert avaient comme mission d'ouvrir le chemin et de révéler la présence de Gaspard aux témoins. Étape réussie à la perfection, même si les hurlements triomphateurs n'auguraient rien de bon pour le contrôle des événements.

D'ailleurs, pour faire croire à la mise en scène,

il fallait un élément déclencheur, sans compter la nécessité de décanter la foule pour pouvoir agir librement. Le seul moyen était de dériver l'attention des gens vers les policiers. Il fallait forcer une intervention pour faire reculer la foule et ainsi dégager un espace de manœuvre autour de la cantine. C'est là qu'Alex et Andy ont balancé la poubelle devant les rangs policiers. Par cette provocation, on freinait l'élan de ceux qui cherchaient à s'approcher de Gaspard pour le féliciter et on invitait les flics à bouger pour créer un mouvement de foule. Résultat double!

Juste à cet instant, Gaspard devait se jeter par terre, sans se blesser autant que possible, tandis qu'Hubert sifflait pour couvrir les cris de la foule et ajouter un peu de confusion, le temps de faire comprendre qu'un incident venait d'arriver à Gaspard. C'était la première étape du plan. Mais encore là, ça ne pouvait suffire à ouvrir le chemin. Clotilde, ayant l'habitude des rassemblements, mettait en garde contre les personnes bien intentionnées, exacerbées par la situation tendue, qui mettraient des bâtons dans les roues en tentant de secourir Gaspard, à l'image des héros en temps de guerre qui transportent les blessés sur leurs épaules au milieu des explosions. C'est ici que Mélany entre en scène avec une idée de génie.

— Papa?

— Pile! Et je dois dire qu'après avoir vu le petit Thomas-Éric jouer son rôle avec une telle perfection, je lui ferais signer un contrat à vie pour fouler les planches du théâtre de Stratford!

Il avait suivi Gaspard dans l'ombre de la cantine et se tenait prêt. Dès le signal convenu, il a bousculé les gens qui se précipitaient au secours de Gaspard et il s'est jeté sur lui pour nous interpréter la scène du fils éploré. Mélany s'est approchée à son tour, et les deux auraient arraché des larmes au bourreau de Mary Stuart.

L'effet escompté a été obtenu à la perfection. Un silence respectueux s'est installé. Tout le monde demeurait à distance, ne voulant pas interférer avec l'expression d'une peine si touchante. La voie était libre. Alex et Andy ont déployé le brancard. En s'annonçant comme médecin, Andy prenait le relais des secouristes amateurs et se donnait carte blanche pour agir à sa guise.

— Nous étions un peu nerveux, mais nous avons réussi à garder une allure de professionnels, suffisamment pour ne pas semer le doute et pour couper court aux questions.

On a placé Gaspard sur la civière. Il ne bougeait pas un cil et, pendant un instant, on a pu craindre qu'il avait vraiment été victime d'un infarctus.

Hubert ouvrait le passage à travers les troupes en gueulant comme un général d'infanterie. Les flics, indécis, avaient interrompu leur avancée, laissant leurs collègues Clotilde et Hubert s'exécuter, eux qui semblaient en contrôle de la situation au milieu de cette foule sidérée par ce revirement inattendu et malheureux.

Le reste fut sans histoire. Alex et Diya sont partis avec Gaspard pour une destination qu'eux seuls connaissaient. La stratégie a été gagnante sur toute la ligne. En faisant croire à un accident survenu à Gaspard par la faute même de sa popularité, un sentiment anticipé de honte a éloigné les curieux qui se sentaient coupables d'une fin aussi pathétique. C'était l'objectif.

— Le pari était risqué, mais nous en avions tellement discuté que nous étions sûrs de notre stratagème.

On avait voulu faire de Gaspard un héros; résultat : il s'était écroulé par terre, sans doute terrassé par la trop grande sollicitation dont il avait été l'objet. De la sorte, avec un favorable concours de circonstances offert par nos invincibles joueurs de hockey, à peu près personne n'a insisté – une fois diffusés les reportages de fin de soirée où on voyait surtout les policiers tout équipés – pour savoir ce qui était arrivé à Gaspard, pas même ces fouille-merde de journalistes. La destruction sauvage de la cantine par les employés municipaux a fait le reste. Mieux valait oublier au plus tôt cette manifestation si typique de la sottise humaine. Le sport offrait une manière bien plus conforme de consacrer de nouveaux héros. Inutile de cultiver le souvenir d'échecs lamentables. Personne n'irait fouiller plus loin. Monsieur Gaspard aurait ainsi tout le temps pour retrouver ses esprits. Il n'aurait plus à craindre d'être harcelé.

— Eh bien… Difficile de faire mieux. Alors, ce cher Gaspard, il est sain et sauf. Tu ne sais pas où il se planque? J'aimerais lui faire mes salutations.

— Non. Je n'ai eu qu'un seul appel d'Alex pour me dire «Mission accomplie». Il avait été convenu que monsieur Gaspard ne donnerait signe de vie que lorsqu'il serait prêt à le faire et qu'entre-temps le secret de sa cachette demeurerait connu d'eux seuls. C'était là le but ultime de la manœuvre et de cette mise en scène: décourager toute curiosité à l'endroit de Gaspard, le temps nécessaire pour lui de récupérer. Paraît qu'il retrouve graduellement sa bonne humeur proverbiale.

— Et sa toupyne, alors?

— À ranger au registre des bonnes idées en voie d'extinction, j'imagine.

— Quelle pitié!… On ne saura jamais ce qu'on bouffait.

— Et toi? Quel bon vent t'amène?

Je suis ressorti quelques minutes plus tard avec mon ordonnance d'antibiotiques. De retour chez moi, je réfléchissais, entre deux quintes de toux, au compte rendu d'Andy. Du haut de ma fenêtre, j'avais assisté incrédule à un dénouement que je n'aurais jamais imaginé être manigancé de toutes pièces. Du grand art. Je me sentais à la fois soulagé et perplexe devant la méthode qui avait enfin tiré monsieur Gaspard d'embarras, embarras dans lequel je l'avais bien involontairement plongé. Soulagé, car l'important était qu'il aille bien et qu'il puisse tenir la barre, sans trop de séquelles de sa mésaventure terminée de manière si théâtrale. Lui qui avait jadis atteint les bas-fonds de la détresse s'était lancé dans sa petite entreprise pour reconnecter les câbles d'une humanité perdue. Il avait choisi d'écouler ses jours avec une dignité dont ses enfants auraient chéri le souvenir s'ils lui avaient survécu. C'était là sa raison d'être pour réintégrer le cours de son existence, pour émerger de sa condition de mort en sursis. Perché comme un funambule sur ce fil mental, le hasard avait voulu qu'il devienne un héros inattendu, secousse abrupte et suffisante pour le faire chuter. Heureusement, ses amis lui avaient tendu un filet protecteur. Il ne restait plus qu'à espérer qu'il accepte de reprendre la route, sans rechute et bien protégé par des garde-fous, en dépit des cicatrices sûrement gravées par cet épisode.

Soulagé, donc, mais également perplexe, car je m'interrogeais sur cet incroyable déchaînement de popularité qui avait englouti monsieur Gaspard. Plus je remuais les faits dans tous les sens, plus je me persuadais qu'il était toutefois d'avance condamné à un tel aboutissement, même sans le coup de pouce que j'avais fourni par le biais d'Internet. Je cherchais peut-être à me disculper, mais il m'apparaissait de plus en plus évident que le bouche à oreille aurait fini par avoir raison de sa quiétude d'esprit et de son humble activité commerciale. Je n'avais fait qu'accélérer la catalyse déjà en branle et qui aurait mené au même résultat, à ce succès si foudroyant.

Parallèlement, je déchiffrais clairement le rôle que Gaspard avait joué dans l'imaginaire collectif. Je n'avais qu'à lire les critiques péremptoires sur les sites de cinéma, les réactions incendiaires aux blogues éditoriaux, aux billets de chroniqueurs recrutés davantage pour leur instinct de provocation que pour leur sens de l'analyse, les évangéliques lettres ouvertes dans les journaux, les ineptes vox pop, les groupes de pression aussi sectaires que des intégristes, les pétitionnaires tous azimuts, les tendancieux sondages d'opinion, et je ne parle même pas des tribunes téléphoniques enflammées ou des

échanges de courriels autant injurieux que désespérés, pour me rendre compte du besoin chronique de soupapes de défoulement et de modes
d'expression pour faire entendre sa voix.

Ces échappatoires n'ont rien de bien surpre-
nant, dans le fond. Cette appropriation du moindre
canal de communication pour exercer sa soi-disant
liberté d'opinion repose sur la culture d'interdits
implantée dans les esprits. La réglementation abusive des conduites, comme le symbolise si bien le
cafouillis des panneaux d'interdiction dans une rue,
la canalisation des comportements au nom du bien-
être commun, le pullulement des cadres légaux et
juridiques qui encouragent n'importe quel barjo à
poursuivre en dommages et intérêts pour un regard
de travers, tout ce bazar d'embûches, d'obstructions,
de menaces voilées finit par provoquer une tension
carcérale dont moi, le premier, je cherche à vouloir
m'évader.

En même temps, c'est comme si une peur insidieuse s'était imprimée dans les esprits, la peur de
commettre la gaffe qui mettra sur la paille, la peur
de la faillite qui ruinera l'avenir, la peur de l'accident
qui laissera invalide, la peur de l'erreur fatidique, la
peur des mauvais souvenirs obsédants, la peur des
regrets inconsolables, la peur d'une déviation de
parcours imprévue sans savoir si elle mène au ravin

ou au cul-de-sac, la peur de la bêtise insouciante qui jette sur le pavé, la peur de glisser sur une peau de banane et de se briser le cou, la peur de rompre un précaire état d'équilibre chèrement acquis, comme si le moindre changement ne pouvait signifier qu'une détérioration ou un recul, qu'une malchance ou une catastrophe. La peur du pire, quoi, la peur simplement d'empirer sa situation.

Devant cette impuissance propre à scier les bras, toute cause valable semble hors de portée. Comment en serait-il autrement? Comment poser une action quand on sait d'avance qu'elle sera aussi futile qu'un cri dans le désert? Comment porter le fanion contre la faim dans le monde ou pour l'éradication de la pauvreté sans la conviction qu'on en viendra à bout? Personne n'est plus assez naïf pour y croire. En même temps, embrasser une cause à défendre est le meilleur moyen de distinguer son existence de celle d'un bovin dans une étable. Adopter des positions et revendiquer des convictions aident à contrer cette pénible impression de subir le parcours de sa vie comme s'il se déroulait à l'intérieur d'un fourgon à bétail.

C'est ici qu'intervient monsieur Gaspard. Par sa savoureuse recette exclusive, par sa cantine sans prétention, par la chaleur et la convivialité qui rayonnaient autour de lui, il est devenu le prétexte d'une cause à échelle humaine, une cause qui valait bien un effort, car cet effort avait de bonnes chances de porter ses fruits. Le tableau pouvait être embrassé dans son ensemble. Il était possible de l'apprécier, de l'expliquer, de le comprendre, sans s'embourber dans la malédiction des opinions et des contre-opinions, des experts et des contre-expertises, des enquêtes et des commissions, des témoignages et des parjures, des études d'impact et des analyses de conséquences, qui finissent par bousiller toute volonté de forger son propre jugement et de se faire une idée juste. La cantine mobile comblait ce besoin de certitudes, ce besoin d'assises sur lesquelles construire, ce besoin si réconfortant de se sentir plus utile qu'un cloporte.

Telle était, me semblait-il, la vertu imprévue que monsieur Gaspard véhiculait avec lui sans même s'en douter. Il ne pouvait pas savoir que sa cantine était devenue un symbole, une sorte de modèle de réussite dont on pouvait s'inspirer. Lui-même était perçu comme un héros, un modèle surtout, accessible, à portée de main. Un moyen de soigner notre paralysie. Et la possibilité de réussir une entreprise, comme lui qui avait su traverser avec éclat le dédale insensé d'étapes pour gagner son pignon sur rue. Il encourageait ainsi de nouvelles initiatives avec l'espoir d'une égale chance souriante.

Il rappelait avec éloquence qu'il vaut la peine d'agir dès qu'une occasion raisonnable se présente, et qu'un risque ne veut pas toujours dire empirer, mais quelquefois améliorer.

En attendant, je regrettais de ne plus pouvoir profiter de ma ration de toupyne. Je n'étais pas le seul. Quand je regardais par la fenêtre, il m'arrivait souvent d'apercevoir des passants, certains avec un visage familier, qui déambulaient dans les alentours au cas où la cantine mobile aurait ressuscité. Mais, plus le temps passait, plus il était clair qu'il ne fallait pas compter sur ce miracle.

Et pourtant, la vie est ainsi faite que personne n'est à l'abri d'une surprise, même agréable. Ce genre de surprise qui nous interpelle et nous offre la possibilité d'un choix. Choix difficile puisque, si on opte pour l'inconnu, qui sait ce qui va se produire? Le pire ou le mieux? Telle est la question, comme disait l'autre.

Toujours est-il qu'un soir, je procédais à cette fastidieuse tâche de vider ma boîte de réception électronique de tous les pourriels qu'elle contenait. Un après l'autre, je supprimais les annonces de Viagra, d'achats d'actions ou d'appels à l'aide de Nigériens cherchant à sortir leurs millions du pays. Je conservais le réflexe, fort heureusement, de ne pas supprimer d'un bloc tous les messages, au cas où un envoi valide se serait glissé parmi le lot. Et c'est ainsi que je suis tombé sur le message suivant. Et c'est ainsi qu'avec le sourire, qu'avec un sourire qui ne m'a pas quitté depuis, j'ai donné ma démission dès le lendemain pour me lancer sur le nouveau chemin qui m'était offert, advienne que pourra.

Et depuis, ma situation n'a jamais été meilleure!

Objet : Offre unique!
La toupyne dans une
véritable toupine!

Procurez-vous dès aujourd'hui la fameuse recette de Gaspard, livrée chez vous dans une authentique toupine de terre cuite, dûment stérilisée, approuvée par la Commission des normes nationales, livraison garantie par assurance de la Régie des envois postaux. Ce délice d'une composition unique et toujours secrète, à base d'ingrédients certifiés et respectant les plus hauts standards de qualité, est toujours offert à prix d'aubaine! Pourquoi bouder son plaisir? Tous les détails à l'adresse suivante :

< www.toupyne.com >

Au plaisir de vous y retrouver!

Gaspard

P.-S. – Bien le bonjour, cher ami, et pour toi uniquement : nous cherchons un directeur des ventes, représentant commercial chargé de projets pour un développement intercontinental. Intéressé, j'espère?

DISTRIBUTEURS EXCLUSIFS

Distributeur pour le Canada et les États-Unis
LES MESSAGERIES ADP
MONTRÉAL (Canada)
Téléphone : (450) 640-1234 ou 1 800 771-3022
Télécopieur : (450) 640-1251 ou 1 800 603-0433
www.messageries-adp.com

Distributeur pour la France et autres pays européens
DISTRIBUTION DU NOUVEAU MONDE (DNM)
PARIS (France)
Téléphone : 01 43 54 49 02
Télécopieur : 01 43 54 39 15
Courriel : libraires@librairieduquebec.fr

Distributeur pour la Suisse
(À l'usage exclusif des librairies)
SERVIDIS / TRANSAT
GENÈVE (Suisse)
Téléphone : 022/342 77 40
Télécopieur : 022/343 46 46
Courriel : transat-diff@slatkine.com

◆◆◆

Dépôts légaux
Bibliothèque nationale du Canada
Bibliothèque et Archives nationales du Québec, 2012
Imprimé au Canada

◆◆◆